I Narratori/

FRANCESCO GUCCINI

VACCA D'UN CANE

Feltrinelli

Prima edizione ne "I Narratori" ottobre 1993

ISBN 88-07-01460-2

A Ferruccio ed Ester.
A Teresa, con la speranza augurio che,
prima o poi,
i figli dei gatti
comincino a cercare i topi.

"Sí, yo creo que, en definitiva, todo lo que uno escribe es autobiográfico. Sólo que eso puede ser dicho: 'Nací en tal año, en tal lugar' o 'Había un rey que tenía tres hijos'."

JORGE LUIS BORGES, da *El Palabrista*, a cura di Esteban Peicovich, Editorial Letra Viva, Madrid 1980.

1.

Non è micca un lavoro facile, andare a stare in cità. Che senso ha, cosa vuol dire, dov'è la necessità? Lì d'atorno hai la tua vita, tutta intera, quello che ti basta, tutto il tuo bisogno senza stare a cercare inutilità più o meno vaghe, di località remote e di posti sentiti dire ma non conosciuti, e forse paurosi. Hai un fiume, dei monti, degli alberi e delle stagioni, della gente che conosci e incontri tutti i giorni. E allora? Non si vive? Non si mangia? Non siamo già coperti e rincalzati, protetti dal freddo e da altri eventuali spiacevoli improvvisi accadimenti atmosferici? Siamo garantiti o no? Cosa c'è da andare a cercare in luoghi che non sai? Cos'è, questo improvviso desiderio d'avventura, di cambiamento, d'emigrazione, di Patagònia?

Anzitutto si guarda con sospetto a certi preparativi più o meno furtivi, casse che vengono costruite ad arte distruggendo altre casse poi segando, schiodando e nuovamente inchiodando. La guerra appena finita, perché è finita (ma cosa vuol dire che prima c'era la guerra e ora non c'è più? Che non c'è più gli americani? Che è tornato tuo babbo? Ciài guadagnato nel cambio? Effettivamente cos'è, in cosa realmente consiste una guerra?), ha lasciato dietro di sé un mucchio di materiali vari che, se opportunamente adattati, risolvono i mille problemi del nuovo vivere, come le casse appunto, che ne disfi tre per farne una nuova a tenuta sicura con scritte da una parte in americano e dall'altra in tognino. Poi si sentono discorsi a mezz'aria e si girotta atorno, tampelando or l'uno or l'altro per sapere cos'è che sucede, farete micca degli sgóbi?, che 'sta roba non mi convince del tutto, avendo però risposte oziose sulla necessità e il dovere e il lavoro che deve ricominciare; o, le àvole, sospiri e gemiti che però non consolano. Si vocifera anche di una località vicina e remota, vinta ed avvinta da tremendi geli invernali di uno sconosciuto profondo nord (perché, qui c'è tutto quel caldo, d'inverno? ma là allora come sarà?); per questo, abili artigiani all'uopo assoldati, ti confezionano per ogni eventuale bisogna scarpe a doppia o tripla suola in ben saldo corame di un bel marrone chiaro quasi giallo, profondamente imbollettate e con le sue lunette davanti e dietro che non si consumino subito. Il nome delle scarpe chiarisce la loro morbidezza e agilità, vengono nomati "tronchétti". In cità con quele scarpe lì?, fa dice mia mamma, però sei preso da una parte che tè lasciali pur dire, anche quelli di cità, che poi piove e nevica e loro ciànno i piedi tutti bagnati e tè belli asciutti e caldi. Che gente è, coi piedi sempre bagnati spólti per la loro mania d'eleganza, quelli di cità?

Cos'è poi una cità? Più grande di qui, certo. Ma quanto? Ci si può perdere? Hai vaghi ricordi, sentori di qualcosa intravisto e intrasentito, e la paura confina a destra anche con una certa curiosità, un po' come quel Colombo che salpa pel nuovo mondo nell'oleografia in casa di quella parente, ed è pieno d'ardire in viso, si capisce, ma anche di melancolìa, che sembra dire vado, non vado, sì adesso vado ma un po' di calma, uno non può micca andare in America così di brutta, due minuti, e si capisce che, una volta andato, assieme ai marinari tutti starà sulla tolda finché l'ultimo lembo di terra non scompare alla vista, e da vedere c'è solo il mare e la scia di vapore che la nave si lascia dietro. Colombo il vapore? Be' no, forse quello è il treno. Perché si apprende che prenderemo il treno.

Il treno poi aspettalo, perché non c'è più, che la linea (la ferrovia si chiama così, linea, come una riga che unisce un punto a un altro), è tutta bombardata, e i ponti sono finiti nel fiume, e le rotaie son là a svirgolare sulle massicciate e i vagoni a pancia in su, come agonizzanti galane senza speranza.

Poi, dai e dai, il giorno fatale arriva, arriva sì, ti cullavi in una sua improbabile impossibilità, ma sai mai, fingevi a te stesso una non realizzazione; per quella illusione hai fin lì trattenuto lacrime e invocazioni di mercé, ma ora sei di fronte all'ineluttabile, e le effondi in tutta la loro possanza, a gran gola, e vieni a viva forza scalzato da un alberino (non sai più i nomi?) al quale ti eri aggrappato a mani giunte nella speranza già morta in cor tuo che, visto che eri lì attaccato, tanto valeva lasciartici e gràzzie di aver partecipato, ma quasi per salvare la faccia, perché sapevi che non c'era niente da fare e il destino doveva seguire il suo corso e che nuove terre e terribili avventure ti avrebbero atteso.

S'ciào monti sorgenti, e non il treno ma un càmmion con de le panche ci caricò. Sono allegri o tristi i viaggiatori del dopoguerra? Sono soprattutto carichi all'inverosimile, di qualunque cosa atta a portare altre cose, borse valigie cavagne sporte e sportelli, casse rifatte, zaini e tascapani, e motteggiano quel bambino d'allora che s'illude di scorgere lungo la strada luoghi familiari segnati da un albero o da un dosso o da un fosso, come quando, dopo un po' di tempo in un posto, ritorni e ti sembra di vedere per via facce che è impossibile che siano lì, ma fino a un giorno prima ti erano famiglie e ti andavi a ṡburlare contro ad ogni passo, e ti pare d'essere ancora lì, e di incontrarle.

Si comincia a vedere cos'è stata la guerra vera, al di là di quel mondo che in parte te l'aveva risparmiata. Si passa in mezzo a paesi di case ṡmitragliate, coi buchi delle pallottole che seguono loro illogici ricami, e case completamente per terra, ed altre che mostrano impudicamente un angolo di stanza, dove gente mangiava o dormiva, un resto di colore azzurrino alla parete, un quadro o una fotografia ancora appesi. I ponti spesso si interrompono bruscamente, per poi continuare a stampelle in legno o su un Bailey di ferro, e c'è anche una torretta in mattoni affumicata da un incendio che mostra ancora un orologio fermo ad un'ora che fortunatamente non conosci. E quell'ora la vedrai per anni.

Poi si arriva in una grande stazione, piena di gente confusamente viva, che sembra anche allegra, e completata l'odissea carico scarico finalmente si sale su un treno a vapore anche se per carrozza ci sono ancora i carri bestiame, e dopo un tragitto per una terra curiosamente tutta pari, fra infiniti filari d'uva retti da alberi e non da pali piantati, pare si sia arrivati. È la Città della Mòtta, la tua futura città. Per Carpi-Sużaramàntova si cambia.

C'è che ti aspetta, in stazione, una zia sconosciuta, o almeno così dicono, sai tè, e tutti ci si bacia con contentezza, ma ratti, perché c'è di nuovo da scaricare in fuga, prima che il treno prosegua oltre, l'ira di dio della roba, e da caricar tutto su un triciclo che la zia ha astutamente portato, col padre che si mette al volante e spinge e tè stai giù che ha già il suo peso da far andare quel uomo, e anche noi carichi ci si incammina per distanze interminabili guardando in giro altre case diroccate, un parco con un muretto senza cancellate (ma perché qui gli alberi li tengono chiusi dentro?) o non guardando, con la testa bassa in segno di sprègio o conclamato disinteresse. Ma si arriva, finalmente, dove c'è una casa enorme e giallina, che dicono essere casa tua. Tutta? No, solo quella parte lì dove entri. Allora la zia, tanto i tuoi devono svaligiare tutto, cominciare quel lento lavoro d'assestamento che deve durare anni d'abitabilità, capisce la tua profonda malinconia e dice, fa: "Dai che andiamo a fare un giro in tram! Sei mai stato in tram?!". Ammettiamolo, è una grossa novità, il tram; come tale, ci amancava. E su, salito, c'è un odore, un odore come? da tram, è evidente. Bisogna fare il biglietto, ci sono lucide panche sui due fianchi, scintillanti ottoni, e gente sconosciuta, ma che immagini ben presto conoscerai tutta, come quella del paese. "Guarda questo! Era il palazzo dell'Agil!" "Cos'è l'Agil?", di marmo bianco e mattoni rossi, una strana architettura squadrata, e scure scritte semicancellate. Bello, se non fosse per il nero di un incendio che l'ha devastato ed ha anche fatto fondere i vetri che sono ancora ribollenti in fuori, globosi e non più trasparenti, bianchi gessosi e pieni di bolle, come se si fossero fusi cinque minuti prima. "Questa è la Stazione Piccola," e il tram gira, ci sono ancora soldati americani, li riconosci subito, dalla stella bianca sui càmmion sulle gip e su un tank, innocente plantigrado perché c'è già stata la liberazione. E se fossero quelli di su, i miei amici, quelli arrivati in quell'autunno? Ma il tram gira ancora, chi sale e chi scende e cominci a pensare che non ce la farai mai, a conoscerli tutti, e c'è un'altra casa bombardata, che rimarrà lì tanto, un'ala ritta e fiorente sulle rovine, e lì, in quel mucchio di macerie, c'era la mia casa, che fortunatamente eravamo sfollati, un miracolo, perché pròpio quel giorno lo Ziovàlter aveva gli straordinari e io ero andata in bicicletta a cercare delle uova in campagna, sembrava che dentro qualcuno ce lo dicesse, ci avvertisse, che la notte prima avevo sognato il povero Enea, che mi parlava parlava e io non capivo, ma stanno già pensando a ricostruirla, la ricostruiremo come prima, no, più bella, più moderna, e si vede infatti attorno che non è tutto morto, tutto a terra, perché ci sono colori e insegne e manifesti, cose queste mai viste, e negozi aperti e gente che cammina dappertutto come se tutti avessero uno scopo preciso, una direzione, senza perdersi lì in mezzo.

Quando si torna ci sono altri bimbi che ti scrutano, una strada e dei campi subito attorno. Senti una voce che dice: "È tornato quel bambino che abitava lì". Sembra che parlino di un altro, senti che parlano un po' diverso. E hai l'impressione di una terra malvagia, non tua, dove sarebbe desiderabile stare solo un poco, di passaggio, turista, per poi tornare alla tua vera appartenenza. E invece quei muri ti rinchiuderanno per anni. Li guardi di sotto in su, li mastichi coi denti davanti. Stanze dove i tuoi frullano ancora avanti e indietro, scassando, spacchettando. Dov'è, in questo disordine, il mio libro di Pinocchio? Dov'è la gip dei soldati brašiléro, quella che m'hanno fatto loro, quella tutta dipinta di verde, con la stella bianca amica sul cofano, quella col parabrezza di vetro vero e con la scritta Military Police?

2.

La Strada, da un lato, principia dalla via Emilia e da essa diparte; dall'altro finisce e si disperde nel Far West, in direzione del campo di Magnavacca (tereno avelenato, reca il cartello, ma son balle per tener lontani noi mas'cini) e dell'isolato capannone delle Carozze Orlandi, milleottocento e ṡbliṡga, verso la Stazione Piccola, fra mandrie, chitarre, e future angosce e gioie adolescenti, quando il segno zodiacale della mina sorse in cielo sull'asse dell'eclittica. La via Emilia è poi quel tratto lì, non hai idea che attraversi tutta una Regione da est a ovest, o che sia il ricalco di quell'antica pista-cavedagna che univa tutti i villaggi su palafitte ai piedi del Grande Dio Appennino che allora si specchiava su una vasta laguna, Tin Affnin arse verse, averte ignem Iuppiter Appennine, quando la Città della Mòtta (per Carpi-Sużaramàntova si cambia), era davvero una mòtta e vi parlavano forse la strana lingua dell'Avia Pèrvia, e la trivella qualcosa di più che mero emblema nello stendardo comunale. Prima ancora che arrivassero i Tóschi, poi i rossi celti dai capelli pieni di gesso rappreso, che lasciarono posto ai romani colonizzatori e finalmente costruttori della grande strada lastricata, continuamente percorsa, scomparsa e inondata, risorta e segnalata non più da pietre miliari ma dalle Grandi Cattedrali Romaniche, dei Lanfranco, dei Wilighelmo e degli Antèlami, vacca d'un cane!

Ma ora la via Emìglia è solo un nome, ed è solo quel pezzo lì vicino a casa tua, grosso modo dalle sbarre del passaggio a livello vicino al forno di Pavarotti e al barbiere con i giornali con le donne mezze nude; continua, si immagina quasi più che saperlo, verso il Ponte della Pradella, andando avanti fino in città, dove probabilmente finisce. Costituisce limite invalicabile, vallo da non superare perché ci passano i càmmion, oltre alle poche macchine, e ti è stato ordinato di non osare oltrepassarla, quella via Emìglia, che vai sotto a qualcosa, se no tè prendi un'unta che te la ricordi. Tè poi la passi lo stesso, perché Barchesini a cui genitori liberali e scialacquatori comprano Topolino, da poco riuscito a rinverdire antichi fasti, te lo fa leggere solo a casa sua, la tròglia, non te l'impresta; allora vale la pena quel rischio, e il guardarsi rapido in qua e in là per poi spiccare la breve corsa che ti porta, ansimante e al sicuro, nella strada alberata dall'altra parte, dove Barks t'attende con le sue lusinghe. Ci finisti anche in mezzo, una volta, quando un carambano sparò una raffica di MAB dietro a un càmmion che per suoi motivi non s'era fermato al posto di blocco, e la ghiottornia di quei bossoli lucenti sulla strada, i primi veri dopo i felici tempi della guerra e degli americani, era troppo grossa, e ti scaravoltasti quasi con gli altri monèlo litigando e pugnando per farne su almeno un paio. Di domenica si potrebbe passare più facilmente, perché quel giorno non c'è càmmion ma è piena solo delle ciclo appaiate anche in file di sei-sette, dei contado che vengono in città per ballare o per il cine, dimenticando, si dirà più avanti negli anni con sottile urbano disprezzante humour, attrezzi agricoli e animali di piccola taglia negli spogliatoi e nei cessi.

La Strada è invece l'unità territoriale più intima e identificante, e naturalmente solo quel tratto lì, quello iniziale; già non è più Strada là dove s'incrocia con altre anonime di villini e piante da villino ed anche se è la stessa, nei pressi della Stazione Piccola, quella del trenino a cuccio, che torna indietro a spinta con un vagone di sabióne davanti e uno di dietro, è già località remota, ignota, magari atta a coraggiose esplorazioni tribali. La parallela via del Gambero è altra Strada, ed è infatti abitata dai gamberini, gente temibile perché di origine più duramente proletaria; anche se noi, nei nostri imperiosi proclami, affermiamo con sicumera di non tenerli in nessun conto, come di gente davvero lòfi (e lo scriviamo sui muri, col gesso cucato a scuola, abbasso i gamberini, con quel segno che sembra una W rovesciata, che quella vuol dire viva, l'abbiamo imparato dalle scritte a catrame dei Grandi, quel segno) è meglio, se non in robusta compagnia, evitare di passarci, che si potrebbero anche prendere come minimo delle šgiaronate, se non delle tambusate. Noi siamo i cuchiarini, di via Cucchiari, ma non c'entra quello che si adopera per mangiare, e hai anche fatto la figura del caióne quando, a scuola, al maestro che spiegava come e qualmente in periodo lontano ed oscuro ci fossero vie chiamate col nome degli artigiani che le abitavano, e così c'era via Orefici, via Drappieri, e via Coltelli, ad esempio, tu entusiasta proponesti appunto via Cucchiari, e ti fu ironicamente spiegato, tra cachinni e lazzi di imbecerati compagni, che di Cucchiari sì trattavasi, ma Domenico, Generalissimo di una guerra sconosciuta, la Prima, altra razza e sugo di quella lì appena finita (che è quasi un pecato. Era anche tògo, dai!), la tua guerra, quella Vera.

La Strada è ancora sterrata, l'asfalto di là da venire, fangosa e piena di buche l'inverno, con le tracce scavate in pioggia e seccate in gelo delle molte ciclo e poche auto che la percorrono; piena di polvere l'estate. Hanno piantato, ai bordi, stenti alberelli, confidando che ormai nessuno li segherà più per farci combustibile invernale, come le panchine ridotte ai soli ferri portanti del Parco. Erano bagolari o platani, tigli o ippocastani? Niente. Per la prima volta nella vita sono senza nome, alberini e basta, secchi come tutti in quei giorni, vittime continue di incisioni, scortecciamenti, tentativi cocciuti di sradicamento col sistema astuto e pervicace del filo di ferro (un colpo avanti, uno indietro), ciclo gettate più che appoggiate contro, pisciate di cani e mas'cini; qualcuno ci molla, ma gli altri crescono con grande coraggio e speranza, come tutto, d'altra parte, allora, noi stessi e il mondo attorno in quel primo dopoguerra. Ma se non hanno più nome la cosa non ti preoccupa poi tanto, non te ne addai neanche. Le piante che importano hanno nome, e ben sai come si chiama e dov'è, quel marusticano che si va in branco ad assalire appena dopo che i fiori (già guardati con avida cupidigia) cominciano a legare e le baline verdi dei frutti iniziano a spuntare fra le foglie (nessuno al mondo, ovviamente, conosce il sapore del marusticano maturo), e poi sono l'ultima possibilità per noi mas'cini di esercitare il legittimo diritto di incursione e rapina, di furare frutta, col passare la rete o alzandola di sotto o scavalcandola, e il verbo scavalcare è di grande importanza: si passano giornate a scavalcare cancelli, muri, reti, siepi, fili spinati, tutto ciò che di scavalcabile esiste, sempre nel raggio della Strada, e chi più scavalca e con più agilità più conta, e ha i maróni. Come la rete di quel campetto superstite, quasi giardino, che misteriosamente impedisce, residuo di antica proprietà privata, l'accesso a via del

Gambero che raggiungi solo aggirando il Gruppo Sinigaglia, e che verrà debitamente confiscato e abbattuto per creare la completezza di via Monte Sabotino, che si spinge quasi fino in città, verso lontananze impensabili. Dentro c'è un bimbo ancora piccolo e gnolóne, che corre a chiamare nonni e aìta appena calano i barbari. La rete è tutta imborsata di sotto, piegata di sopra, meta quel filare d'uva che rappresenta un'intera campagna persa e per sempre per molti di noi. Le foglie erano verde pallido, poi azzurre di verderame e piano ingiallivano a segnalare fra i palazzi di quella periferia un ultimo tentativo di indicare il passaggio delle stagioni, lampo di malinconia intuita più che capita, in quell'universo dove le stagioni passavano quasi per sentito dire, o marcate dai terribili ritmi degli impegni scolastici.

Ma non erano furti con destrezza, più che altro erano assalti alla diligenza, o calate vandaliche. Contavano velocità e vedere, rapidi nell'attacco e nella fuga, che si disperdeva vociante al risuonare del grido "Maràia!" di quello che, rimasto appunto a far maràia, ululava alto in caso di pericolo reale o supposto; sostantivo e invocazione, e la maraglia urlante correndo si spargeva per ricomporsi a piccoli gruppi nelle cantine dei palazzi, in qualche giardino, negli anfratti semidiroccati del Gruppo Rionale Fascista Sinigaglia, oggi Casa del Popolo e neo-Florida, dancing. E il marusticano si riempiva improvviso, nelle ore della nòna dell'avanzata primavera, quando tutti s'addormivano dopo i pistóni di lambrusco dell'una, di mas'cini che urlavano a bassa voce la gioia del sacco. Finché la padrona dell'albero, ridotta quasi al gòmito non per il furto in sé ma per l'essere desdata cotidie sul più bello del suo spigozare, un giorno afferrò scala e sega e ce ne tagliò un ramo, quello che dava sulla strada, un intero colossale ramo, e ne facemmo crapula, che qualcuno stette anche male e al gòmito ci arrivò davvero, verde in ghigna, per simpatia, come i marusticani in così gran mole ingurgitati, ma ci sottrasse per sempre il piacere del furto. Perché si sa, per un misterioso fenomeno naturale, l'unica frutta davvero tògo è quella cucata.

Il primo edificio che si incontra andando in su, verso destra, con facciata ancora cadente e smitragliata da incursione partigiana sulla via Emilia, è il Gruppo Sinigaglia, come tutti ancora lo chiamano, anche se è diventato, dopo conquista, Casa del Popolo e dancing Florida, come si evince dalla scritta in legno e lampadine fiammeggianti che attraversa tutta l'Emilia, si intenda la strada. Alla domenica, in un gran salone che chissà cos'era prima, ci ballano. Assistevamo ai lavori di restauro progressivi, per il fascino che sempre ha guardare i lavori in corso, ma era più tògo quando la mano d'opera era via, naturalmente scavalcando il grande cancello che metteva sulla pista estiva del retro, con la tristezza infinita del vuoto e inoperoso chiosco delle bibite, pieno di foglie cadute e di ghiaino, fra il quale cercavi inutilmente dimenticati coperchini da trasformare sui marciapiedi in corridori ciclisti col cricco. Le porte altissime erano ancora aperte, e dentro ti si offriva la meraviglia della grande sala, festoni di carta da una parete all'altra, un bar vuoto da una parte e dall'altra l'alto palco dell'orchestra, sotto il quale ci si poteva nascondere, per vedere ad esempio le grazie implumi della cinquenne Edi.

Mi dice Fippi un giorno, a l' fa: "Ciài una lira?". Fippi è già sugli otto anni, di famiglia travagliata con un fratello prete e uno meno, e una sorella che ha già una bimba ma il padre, dice lui, è in America. Di diversa opinione le mamme che le hai sentite dire cose che non hai ben capito. Comunque è vecchio, conosce il mondo ed è giocoforza seguirlo, in queste sue iniziazioni. Mi porta nei sotterranei di casa mia dove l'Edi appunto ci aspettava. Incassò compunta la mercede, poi su la sottana e giù le mutande, e ci apparve quella incredibile cosa a labbruzzi sporgenti che si rivelò subito stupenda e misteriosa, tanto che fu spontaneo il gesto di allungare un dito per saggiarla ma no, si fece indietro, quello costava cinque lire, e in quel momento non si avevano, e naturalmente non si faceva credito, come in quei cartelli che vedevi appesi in certi negozi, vicino al LA PERSONA CIVILE NON SPUTA IN TERRA E NON BESTEMMIA (ma che maraglia c'era?) il NON SI FA CREDITO, oppure, già più sull'artistico, un disegno di un vè-ccio poveretto e smagrito che indica le tremende parole HO SEMPRE FATTO CREDITO; fino al capolavoro assoluto:

"Tutte le feste al Tempio
mentre pregavo Iddio
capii che fare credito
non era affare mio.
Feci credenza un giorno
per non mostrarmi ingrato
perdetti l'avventore
e non fui più pagato"

che aveva di bello poi che si poteva anche cantare, e fu la prima apparizione e intuizione di quella che poteva essere la forza della

Poesia. Che, quasi da non credere, si manifestava anche in quei giorni di violento empirismo animale, forse attraverso la verde linfa della speranza che tutti sosteneva. Colpì, sentita da un muratore evidentemente popolare e democratico, la strofetta cantata mentre lavorava a gratis per rimetter su il Florida, lampo accecante di bellezza di rima e metrica:

"Al buṡ dal cul dal Neguṡ/l'è fat a galeria
a gh' pasa Musolini/e tótta la compagnia"

dove impressionano i sette monosillabi del settenario iniziale (contateli mò! E se vi sembrano meno, tenete presente che l'oscuro termine Negus deve necessariamente essere spezzato in due: Nèe, e lì la voce si sofferma estatica, assaporando la successiva pronuncia di quel guṡ che viene sparato rimando e consonanzando con i buṡ e cul del principio). Giù di testa, impazziti d'estetica, ma non è finita. Fu sempre lo stesso che si esibì, sollecitato dal successo evidente ottenuto appo l'esiguo ma deliziato pubblico, in un:

"Trìppoli, l'ha pérs al brèghi
e a li ha catèdi in mèż al furmintòun"

carme altrettanto bello ma non completamente afferrato. Solo per dirne una, chi era Trìppoli? La stessa che è Belsuòl d'amore? E perché va soggetta a smarrimenti di patàglia e proprio in luoghi sconsiderati come campi di frumentóne? Oppure là in mezzo le ha solo catate su, ma chi ce le ha portate, fin là? Questi però erano particolari di scarsa significanza; il tutto, importava di più, e fu intuito come colmo di reconditi e assai più ampi significati. Si apriva un mondo, ricco di possibilità. Vacca d'un cane! La Vera Poesia?! Micca le borsate che a scuola ti fan imparare a memoria. Ma il massimo arrivò con l'incontrare poi un qualcosa che ti faceva intravedere di poterla costruire di tuo, la Povesia, ti invogliava a creare, come il noto componimènto:

"Alberto Dubóni
che mangia i maccheroni
li mangia senza pane
scoréggia come un cane".

Gli ultimi due versi rimanevano fissi immutabili, era chiaramente assiomatico che chi mangiasse senza pane doveva di poi soffrire di quel maraviglioso quanto improvviso fenomeno naturale. Non tutti però si chiamano Alberto Dubóni. Se il mas'cino che devi far montar su si chiama, un nome a caso, Renato Delli Flòri, che maccheroni può andar mangiando? Vvram, il lampo, la silta che squarcia il notturno cielo illuminandolo tutto: mangerà i pomodori, e Fippi Boldrini mangerà gli zucchini (queste in -ini però son pericolose e ti si posson rivoltar contro: non stan micca tanto lì a badare che le hai fatte tu! Non sei micca ancor protetto dalla Siae!) e via e via in estro, quasi più bello che tirar dei càncheri, che fai pecato.

Se è per quello lì, si fa pecato anche a cercare le cinque lire per allungare il dito e toccare Quella Meraviglia Misteriosa che l'Edi aveva appena fatto intravvedere, sbocciante all'infuori e all'indentro (ma come fa, nello stesso tempo? Certo, è lì che palesa la magìa del tutto!) proprio in mezzo a quelle due żerline dalle coscette magre magre. Mó va ben a messa tè e il pecato, che è ovvio che dopo trovai le cinque lire, e scovammo anche un posto nuovo, l'accogliente rifugio grotta che si stendeva sotto al palco dell'orchestra del Florida; i soteranei, in vero nostra prima alcova vicino alla lavanderia, potevano essere pericolosi per i continui passaggi della nonna dell'Edi, vè-ccia sgangherata e urlacciona sempre tacata di nero come quelle di su, che inseguiva costantemente l'Edi e le di lei sorelle, perché la madre non c'era, era sempre impegnata da qualche altra parte. Dicevano i Grandi che era "amica" di qualcuno, ma micca amica amica come Marco è mio amico, che dicevano amica poi storcevano tutta la faccia da una parte con l'occhio chiuso, e Fippi che la sapeva lunga malignamente sussurrava che le tendenza della bimba fossero un mero fatto ereditario, ma tutta la cosa era un po' un bàito micca chiaro: sua mamma non andava a servìzzio? Alora, dov'era il problema!?

Erano però questi momenti solitari, isolati, pure varianti sul tema gioco, perché la strada erano i giochi, e i giochi gli amici. Dal Florida fascinoso la canéa poteva riversarsi in strada, e dalla strada spargersi in uno dei sotterranei, che il nome era un po' inventato da noi, soteranei, suonava eroicamente meglio di cantine con al centro le varie lavanderie, che univano in sotterranea combutta le due porte diverse dei palazzi, in mezzo le vasche di cemento per lavare, odore di ranni e liscive, e di fianco appunto i corridoi delle cantine, nere di polvere e misteriose di ponticacce e ragni, regno incontrastato di scarafaggi zampettanti. Le cantine erano come segrete, tanto che non c'erano porte vere e proprie a rinserrarle ma grate di ferro, e al di là delle grate si scorgevano oggetti forse desiderabili, ciclo vecchie e nuove, bauli, ritratti e cornici, annate rilegate di giornali, scatoloni, file di bottiglie e cassette di frutta, pistóni amontinati e odore di vecchio, di chiuso, di vino e d'aceto. I soteranei erano passaggi segreti, atti a fuggire, al primo accenno di maràia, entro una porta e ad uscire da un'altra, a rivedere la luce in territorio finalmente amico e scevro di pericoli, con quelle persone, Marco, Fippi, Cesare, Paolo, fino a poco tempo prima perfetti sconosciuti, ora amici ma di più, complici, banda legata ferreamente da giuramenti non scritti ma tenaci, non detti ma virilmente intesi.

Micca subito, però. Eri straniero, guardato con sospetto. Avevi scarpe pesanti che tenevano sì la pioggia, ma su quei marciapiedi cittadini annunciavano la tua venuta ore prima in un festante ritmo naccherale di chiodi di ferro sul cemento. Bisognava però conquistare la strada, o una sua parte, e una certa prestanza fisica in scazotate memorabili da qui a qui (sopra e sotto non valeva, scorrettezza indicibile) aiutò non poco. Parlavano poi diverso, un tanto, o meglio, eri *tu* che parlavi buffo, non proprio le parole, che tranne qualcuna di gioco o rissa e codice differente per lo più ci si intendeva, e i nuovi vocaboli colti al volo e rapidamente usati, perché ostinarsi a chiamare balèstra la sfrómbola o piastre le bambane sarebbe stata sicuramente pervicace perversione. Era sulla pronuncia che un poco slittavi, tu dicevi tu e loro tè, e tè dicevi vènto e loro vénto, pósto e loro pòsto, perché e loro perchè. Finché un giorno memorabile, anche senza starci sopra a studiar tanto, capisti che ormai eri scivolato nella parte giusta, eri diventato dei loro, quando tuo padre (babbo, però, non papà, come si fa a dire papà?!) si indignò per una esse strana che tu non ti accorgevi assolutamente di avere. Come si fa a dire sciónо, scèi, sciassci, urlava, sono, sei, sassi, sassi, non sciassci, e mi toccò ripetere per ore, in bella calligrafia anche se solo oralmente, i sassi di Sassuolo sono sempre stati sassi, col bochino a culo di gallina e la lingua sibilante attraverso i denti e non mollata a caso a vagolare per la cavità orale. Il risultato fu probabilmente peggiore, finché, credo, ce la diede su, chiudendosi in un doloroso stupore per quel figlio che quasi improvvisamente, sotto gli occhi, gli era diventato straniero. Come straniero? Io lì c'ero nato, in quella casa lì, dove si abitava. Mi riappropriavo semplicemente del mio.

E il lessico esatto e la pronuncia omologata favorirono la reintegrazione etnica, le strane scarpe dimenticate e diventate solo una simpatica nota di colore; poi l'arrivo di un nuovo bimbo, tale Renato, che veniva da Bari, località che sentiva di straniero ed extraneo al solo nominarla, ed in cui pare si dicesse pióve pióve viene il sole, la madónna cóglie vi-óle, piccola recita estemporanea che provocava immediati lazzi e feroci reazioni xenofobe, fecero il resto e completarono la mia assunzione ed assimilazione. La strada era diventata anche mia.

3.

La casa è un parallelepipedo giallino, portone giù sempre aperto perché un'anta non va e finestre a seracinésca verdi, che però si sbragano di contìnnuo e non c'è verso di avere le cordelle piatte che docili entrano nelle apposite fessure per assecondare leni e mobili lo scorrere dolce del su e giù. A volte infatti la cordella, a forza d'andare, si s'cianca, e viene allora infilata nel suo passante metallico e lì annodata con sagacia. Quando si deve tirare su si disfa il nodo, e oplà, si tira la cordella; poi, giunti all'altezza bisognevole, la si rinfila dentro e si rifà il nodo, che però delle volte ti scappa e alora o s'incastra incòsa nel casetone in alto o la taparella, con grande tubana scrosciante e relativo stusso, precipita e si mette di traverso nelle scanalature di fuora e non si muove più, che questi trabiccoli moderni son ma meglio le persiane gli scuri dice mio padre che ci scànchera dentro per farle andare, e per fortuna che quell'uomo ha due mani d'oro èè signora? Ma se credono che mio marito vada a fare l'uomo di fatica per tutto il palamàio si sbagliano, perché lui per gentilezza lo farebbe anche perché aaa lui è fatto così, ma dopo se n'aprofittano.

La casa è appunto un palamàio, che è una casa dove ci sta tanta gente ma anche della maràglia, e spesso c'è del bàito, ma solo confusione che litìgano, non un bàito quasi bàito come in quello dove andarono a stare di casa apena sposati che io sposina giovane vedevo che c'era del fisso con certe donne tipo... scarciane, con rispetto parlando, che vedevo che erano in vestaglia anche a mezogiorno, che sa come si dice, la brèva spuślèina a l' le fa a la matèina, a non lo sa?, è un detto signora, quella acsè acsè a l' le fa vérs méżdè, e la véra truiaza a l' le fa quand l'a s' żaca, il letto signora, e quando mio marito tornava a casa gli dicevano ciao bel moro, ma io ero ingenua alora signora che non m'era neanche d'indaviso, ma quando venne mio padre che lui ne sapeva di tutte le fatte e poi ci tenéeva, a l'onore, capì subito e disse mia figlia stare qui?! e dopo un'ora ciavéva già trovato un'altra pensione che lui, sa, era negli afari, era pròpio mediatore di mestiere. Poi abiam trovato qui e per fortuna che me l'ha tenuto mia sorella per il tempo di guerra, se no l'ocupavano degli sfolati e noi dica mò dove andavamo a stare, quando sian tornati? Se penso che mia suocera era venuta giù dalla montagna per comprarci una casa, anche un vilino signora, che ne facevan di così belli là da Santagnéṡe, li conosce anche lei, col suo giardino e tutto, aaa una zona signorile, e mi piacevano anche ma dicevo no, no, móo, non mi piace, cià questo, cià quelaltro, perché pensavo, ma quanto costeranno? i soldi chi ce li dà? e chi lo sapeva che quella montanara lì ciavéva una borsetta piena di soldi, di contanti signora, che alora non li conoscevo micca bene i suoi di lui, li ho conosciuti dopo. Comunque è già una fortuna avercela, questa casa, oggi come oggi, anche se è piccola già per noi, poi è quello che è, lo vede anche lei, prima o poi dovremo cambiarla, questa casa, che avrebbe bisogno di farci dei lavori come nel bagno, ma se tanto andiaan via, prima o poi, che lavori posian farci, in questa casa?!

Che è un palamàio; scopri un giorno, vicino alla Stazione Grande, che c'è una via del Pallamàglio, e di fronte c'è proprio un grande palazzo, con archi archetti cancellate cortili, misteriosamente illeso fra i mucchi di macerie intorno alla zona ferroviaria, e lì deve starci un mucchio di gente, e quello è forse il prototipo, l'archetipo, la Prima Idea Celeste di tutti i palamài, non solo della città della Mòtta (per Carpi-Sużaramàntova si cambia) ma dell'Italia intera; confidi questa tua intuizione, ma i Grandi misteriosamente ridono e negano. Sarà; certo è già più bello del tuo, della tua casa, dove però ti han detto sei nato e ci pensi con un po' di tenerezza.

La tua casa intanto confina con due vie, est via Cuchiari, la mia parte, e nord via Monte Sabotino, che era formata proprio dal pezzetto della casa, poi c'era un giardino che l'han tirato giù per arrivare diritti in via del Gambero. A sud c'è ancora, per poco perché fra qualche anno costruiranno żiocanta su ogni pezzo di terra disponibile della periferia, un campetto, dove i ragazzi più grandi un giorno han fatto quele fritelle degli americani, che era dai loro tempi che non le mangiavi più, qualcuno di loro doveva aver rimediato dagli ultimi partenti 'na qualche busta o il fratello grande di Fippi che un bel giorno è tornato ed era stato con gli americani, no in galera come dicono le mamme, e le han fatte là in mezzo al campo. I ragazzi più grandi sono proprio più grandi, sui dodici tredici, con qualcuno più grande ancora, e si chiamano indù, che sono una banda indiana che si chiama così, no indiani gli indiani pellirosse (del'India? del'India, guarda che c'è anche sulla Domenica: "Ennesimo scontro fra indù e musulmani a Bombay!"). Là sono una banda importante e loro cian copiato il nome, e il loro capo si chiama Tulame, che non è poi micca il suo vero nome ma è un nome da capo indù, e abita nella stessa casa all'ultimo piano, proprio sotto alla terazza dove stendono la biancheria e c'è quel mucchio di sabbia che serviva in tempo di guerra per gli incendi e che ora la signor'Irma adopera per fare le sabiature d'estate, per i reumi, perché cià i reumi e sembra che d'estate ci si infili dentro e ne tragga giovamento e conforto. È che lei è ciunta e la sabbia è sempre meno, perché avere un mucchio di sabbia per giocarci con le bocine è troppo tògo. Bisogna andarci in camuffa perché è proibitissimo, anche andare sulla terazza che dopo caschi giù, ma quando ci arivi tè ci fai tutta la sua pista, coi bordi un po' alti se no quando dai il cricco la bocina va fuori e hai forato e devi tornare indietro da dove eri partito, ci vai avanti dei pomeriggi, così, anche con la galeria-sottopasaggio o la parabolica che è più dificile, ma così facendo la sabbia gliela sparpagli dapertutto, e si perde, anche perché, come le omologate sabbie del mondo tutto, ti si infila in ogni dove e ne porti giù delle scarpate piene e la signor'Irma si lamenta e dice, fa: "Se li becco, quei monèlo!" e ti guarda come per dire: "Te gh'ér anca tè, an!?" ma tè al massimo un paio di volte, roba da non confesarsi neanche, e invece fu tuo padre che un piovoso pomeriggio andò a cucarne su un po' perché ti aveva fabricato un mulino a sabbia, che è una cosa ingegnosissima, di carta con una ruota che gira. Si fa così: si prende della colla di farina, che la vendono anche dal tabachino quella di resina indiana (no indù) liquida e trasparente e giallina, e la Colla Midina, che è bianca che sembra una crema con un odore e una pasta che viene anche voglia di mangiarla, come un dolce, ma quella di farina non ccosta niente, tutto risparmiato, e incolare incolla lo stesso, che metti un pentolino con acqua e farina sull'economica e via che ciài la tua bella colla, che però se la fa tuo babbo va bene ma se la fai tè quando incolli, metti, un fifi, sotto la carta ci rimangono dei balòcchi di un metro cubo. Poi con le forbici tagli della carta e fai una ruota a casetti triangolari, e l'appendi con astuto perno a due supporti, e sopra c'è la tramoggia, sempre di carta. Nella tramoggia ci fai un buchino e poi la riempi con la sabbia della signora Irma. Granello dopo granello la sabbia scende e fa girare la ruota, che la scarica in una scatola dove si raccoglie, pronta per il nuovo uso. È che gira gira va a finire che la ruota si scolla e il mulino si rompe, te l'avevo detto che a giocarci sempre poi ti si rompeva, ora di giochi non te ne faccio più, ma non è micca stata colpa mia, che se si usava metti la Colla Midina vedrai che non si rompeva, basta non rispondere, che se fossi più ubidiente te ne farebbe, di giochi, che è così ingegnoso quel uomo.

Si vede che lo sapeva anche la vecchia Colastri, quel fatto lì de l'ingegnoso; un Martedì Grasso che si era dietro a mangiare venne a bussare alla porta. Aprii e me la trovai davanti, piccola piccola, che per fare la signor'Irma ce ne volevan due, e vestita di nero, che alora poi non c'era tanta diferenza fra le vechine di su e giù, come tacata, e dice fa: "Oggi che è festa ti voglio pròpio fare un bel regalo, un gioco" che m'era già venuta la goccia. Fruga nella tasca del grembiale e dà alla luce uno scartocino unto di carta oleata e piano lo svolge e tira fuori un femore di coniglio, tutto ben spolpato e ripulito che magari denti non ne aveva più ma si vede che le zampe di coniglio gli piacevan pròpio, da terso e rilucente com'era, e fa: "Ecco qui. Devi dire a tuo padre, che è un uomo così ingegnoso, di farci un bel buchino in mezzo, poi ci fai pasare uno spago così, lo prendi coi diti e lo fai girare cosà, che poi va avanti e indietro da solo per un pezzo!" che era poi il gioco del botone, che lo facevi nei lunghi e annoiosi pomeriggi di compiti, ma io vacca d'un cane non l'avevo mai fatto col żampetto del coniglio. Mi toccò anche dir gràzzie, e mio padre non me lo fece neanche e lo buttò nel rusco. Ma dicevano che era già andata nei minori, la vecchia Colastri, che per un certo periodo, noctu, si sentivano curiosi rumori provenire di là dalla cucina (abitava di fianco), uso giù colpi fitti e poi un numero, metti quéndeṡ!, poi silenzio e dopo un po' stessa roba e altro numero, treintanóv, e così per ore, come per una solitaria notturna tombola. Scoprimmo poi che era un audace innovativo sistema per distruggere le vecchie ovvero panarazze che ci affliggevano, sbucando dai sotterranei dove regnavano indisturbate ed emergendo dai lavandini o dagli altri anfratti attraverso i quali le agili bestiole passavano. Metteva un piattino di latte in mezzo alla cucina, al buio, poi di botta accendeva la luce e poteva così vedere il brulicare schivoso e insetticoloso, attorno al piattino, delle blatte, che, prese nel lovétto della crapula, poteva a suo comodo spavirare bén amòdo a colpi di malgarina; poi, serenamente, dopo la botta contava le vittime. Piacerebbe immaginare che segnasse tacche sul manico, di quella malgarina vendicatrice, e tè chiamala minore tè, che aveva trovato un metodo per debellare l'immondo e nero blattòide lucìfugo che perversava in ogni dove, e quando li vedi tébbian via come delle schegge, che una sera (ma anni dopo vèè'!) tornando con Alfio il batteraio scoprimmo con raccapriccio le scale e il pianerottolo di casa sua pieni, con tutte le loro brave zampine e antennine frementi, da piaga biblica, e dicemmo mó vacca!, attoniti, ma in un amen se ne fuìrono come paserini smariti da un gatto. Non solo, ma se non hai apposita arma contundente, dopo la prima tragica esperienza sai che se li becchi e li schiacci col piede (soprattutto se calzato da nobile montanina scarpa ferrata), senti dapprima uno s'ciach rivoltante, e dappoi vedi il cadavere, in agitare di frementi żampine, colmo di fuoruscente materia biancastra, da ripulirsi le calzature in mezzo alla ṡmalta o all'erba le mille volte. Una matina che stavo per andare a scuola, dopo regolare cafelatte mi gettai ansioso per sorbettarmi una bibita che mi ero preparato dalla sera prima. Quando un vaso di marmelata finisce, solo lo scialacquatore lo getta via. La marmelata in sé non è un granché: in teoria sarebbe anche buona, ma su fan solo quella di ciliege, e al quinto vaso non ne puoi pròpio più e rischi d'ingobiarti, e dici, fai: "Cosa c'è da merenda oggi?" sperando che tua madre, in un impeto improvviso d'immoderata generosità o di passeggera (un momento solo, micca sempre) follia, ti dica: "Tieni pure il denaro, piccino, e recati dal più vicino droghiere ad acquistare quei buoni cubetti di marmellata compra che da tanto desideri, di pesca o di fragola, che c'è anche dentro l'omaggio del francobollo al quale aneli!". Mai! "C'è la marmelata di ciliege che è anche più genuina che quella compra, che chisà con cosa la fanno e l'avessi pur avuta io, che andavo a rubare il pane a mia madre, di nascosto perchè non ce n'era, di pane." Di nascosto, gràzzie, vuoi andare a cucarlo quando ti vede? E via pure di marmelata di ciliege, che quando il vaso però è finalmente finito ci metti dentro de l'acqua e ci fai la bìbita (plasmoniani i maróni, dela vitella, anche!) che tanto di quelle vere non te ne comperano, di bìbite, neanche quela volta d'estate al cinema Tennis due film venticinque lire e parcheggio gratis delle ciclo e la gażosa dieci ma abbian già speso troppo per il cine, che uno era me lo ricordo ancora l'elisir d'amore ma pur di veder qualcosa che si muoveva su un muro bianco mi sciroppai anche quello e buono che stavo. Una volta avevan regalato a mio padre una mezza botiglina di Tamarindo, una cosa buonissima africana per le bìbite che ha chiaramente preso il nome da quello del Corierino, "alla prima che mi fai ti licenzio e te ne vai", col sor Cipolla e l'Ispetore, ma in due tre volte era finita e s'ciao; la bìbita si fa anche col Carcadè del Setìt, roba anche quella africana, che una volta ciavevam le colonie, di camamilla rossa ma più tògo, anche se la camamilla quando tua madre se la fa col limone la lasci raffreddare fuori dalla finestra e diventa una bìbita quasi regolare anche se non cià le bollicine. Succedanea la bustina numero due per far l'acqua che pizzica, di viscì, che sa di limone, fatto però puramente (e raramente) estivo. È quindi tutta roba che non c'è sempre, e alora vai pur via col vaso della marmelata.

Son lì che mi bevo a larghe sorsate la mia bìbita quand'ecco che scorgo, sul fondo, una forma scura. Dapprima non mi è molto d'indaviṡo, perché la marmelata nel paiolo ogni tanto s'incrosta, e ce ne restano dei pezzetti dentro, che è roba da ridere perché la sputi o se la mandi giù non fa niente che anzi ci son le vitamine. Ma vacca d'un cane era una vecchia, trascinata a morte dalla sua stessa infame gola, che ritrovarsela lì altro che schiacciarla con le scarpe, che non basta l'acqua del'acquedotto tutto a risciacquarti e pulirti. Ora dicon che fa male, ma il Santo Diditi coreva a fiumi, altro che balle! Ma più efficace, ovvio, il piattino.

La vecchia Colastri non abita sola, è per esempio la nonna di Lalo, un mas'cino della mia età circa, che i suoi son più ricchi dei miei perché ciànno un negozio, e a lui vacca gliele dan tutte vinte anche perché è un po' il cocco avendo un fratello più grande che è anche lui un indù. Quando si gioca a fùdbal, per esempio, giochiamo con una palla basta che sia, che è sempre meglio che farla di stracci, ma a lui non ciàn mò regalato una cinza, pròpio una cinza vera di cuoio, che devono avergliela regalata pròpio quel Martedì Grasso lì del żampino di coniglio, e sarebbe tògo giocare con quella, che non ce l'ha nessuno, nel raggio di migliaia di verste, ma a volte a un certo punto sian lì che giochiamo e lui la prende su e dice, a l' fa: "Ora smetto perché basta!" e se la porta via, perché qualcuno metti gli ha fatto uno sgóbo lòfi, secondo lui, che non è poi micca vero, e s'è arabiato, che è anche più piccolo e ci vuol poco poi, e noi lo guardiamo come dei gàggio andar via con la sua cinza vera che si gonfia con la pompa della ciclo che in fondo ci vuole un ago, perché dentro cià la camera d'aria pròpio come le ciclo, che se si buca vai da uno con un nome tògo, vulcanizatóre, e te l'agiusta. Essendo più piccolo potresti anche, con gentile fermezza, dirgli: "Tè poi la cinza ce la porti via i maróni, che se vuoi andare a casa ci vai mò senza, o giù cucchi!" ma c'è il problema del fratello più grande, e Lalo è anche un piangolone e sua madre non scherza micca, a urla, e quando litìga con la vecchia fan dele liti orbe, che ciàn più soldi ma son poi più popolari, via. Cià anche un fucile, vero, più piccolo, tipo moschetto balilla che cià anche qualcuno dei più grandi, che sono andati ai Capanóni, luogo fabuloso dove c'eran dei soldati d'aviazione che dopo c'è stato un incendio che son rimasti tutti 'sti fucili ma solo il ferro che il legno s'è bruciato. A lui gliene han dato uno piccolo e i suoi ciàn fatto fare da un falegname il calcio e tutto di legno, che vacca sembra pròpio un fucile vero e anch'io ne avevo ciufato uno e secondo tè me l'han fatto tenere i miei?, non dico farci mettere il calcio ma solo tenere, anche se è grosso che lo tiri dietro più che portarlo, e quel afare lì in dove l'hai preso? come con la spazétta da cesso che l'avevi catata su dal rusco (fonte di tesori inestimabili, se sai frugarci dentro) perché era pròpio una mazza ferrata di quelle giuste quando fai le spadate, cosa vuol dire l'igiene?, non la mangio micca, che quando stavo per mandar giù la blatta ridevate, vacca d'un cane, e l'han buttata via, e butta pur via anche il fucile che di quela roba lì ne ho vista fin troppa, fa mio padre, e già che almeno, per consolarmi, Żiegéa mi ha dato quella pistola che serviva per acendere il gas che l'ha presa in Svizzera dov'è stata a lavorare, che madre si dice mùtter e padre vàter (ma non è il cesso?) e pane bròt che se ci stavo di più l'imparavo, il tedesco, che non è micca difficile poi, e lì ha preso questa pistola per accendere il gas ma fatta proprio a pistola che tiri il grilletto e vien fuori la fiammella come per uno sparo vero da sparare in bella allegrezza per giorni e giorni facendo anche l'apposito t'css t'css con la bocca, uccidendo e cativi e indiani e musulmani (i nemici degli indù), ma solo un giorno lontano capirai che le pietrine non sono eterne e spara spara ecco che non spara più, vacca d'un cane, e naturalmente si guardano bene dal dirti che basterebbe comprare una pietrina nuova che costa dei soldi, l'avrai rotta anche quella, rompi sempre tutto tè! Rotta, ciò solo scancherato un po' dentro con del fil di ferro per vedere perché non andava più. No no, l'hai pròpio rotta, fa dice lo Ziovàlter, non vedi che l'hai sbragata tutta?

Nella casa appunto, appena sopra, ci stanno anche la Żiegéa e lo Żiovàlter, che ha due baffetti sottili a fior di labbro, ed è mottacénse da sette generazioni, come dice fieramente, a noi che non lo siamo, sua madre, l'immensa signor'Irma, e si esprime simpaticamente, diverso da tuo babbo anche se sono coléghi di lavoro; più buffo, che tè passi per di lì e lui ti scruta e dice, fa: "Alora, socio de la birra?" Che vuol poi dire: "Ciao, mas'cino!". Come se, contrariamente a tuo babbo, comprendesse più appieno la tua mas'cinerìa. Oppure ti fa, dice: "Adìo ligéra!" termine che non comprendi ma sottendi di complicità gaglioffe, come se sapesse che hai appena scavalcato una rete da qualche parte, non come tuo babbo, che di reti in vita sua credo non ne abbia scavalcata mai una. I babbi nascon babbi, si sa, ma gli żii sono diversi, un grande vantaggio morale. Metti la Żiegéa, che quando son malato e ho fa conto l'influenza vien giù e mi fa il mandolino con la bocca, che sembra pròpio un mandolino vero. Viene giù perché nella casa, c'è, va da sé, anche casa mia: si abita tutti lì ma stranamente non tutti assieme, e non si chiama più casa in cità, si chiama apartamento. Anche quello della Żiegéa è un apartamento. Come il tuo, anzi ha abitato anche nel tuo quando la sua casa è stata tirata giù dalle bombe, che è stata anche una naṡa mai vista così ce l'ha tenuto perché se no ce lo cucavano gli sfolati, e poi pròpio di sopra ci stava un fascista che l'hanno amazato e l'apartamento s'è liberato e ci sono andati a star loro. Dovrebbero essere tutti uguali, se sono apartamenti, invece la forma, le stanze, i corridoi, possono essere uguali, ma dentro è tutto diverso. Soprattutto appena entri c'è un odore che non è il tuo, lo senti subito, ogni apartamento ce n'ha uno differente.

I mangiari dovrebbero pur esser gli stessi, grosso modo, ma non lo sono, e si sente subito. Forse sono i mobili, o le piante, o certe foto appese che c'è la signor'Irma da giovane giovane magra magra, con suo marito, e lo Żiovàlter vestito da soldato, e qualche sorella sparsa, con nipoti e affini. Forse è l'odore in persona della signor'Irma, che all'odore ci tiene perché, il primo inverno, quando nonna e prozia capitarono giù, colme di doni manducherecci che nemmeno i remagi e in piena crisi di astinenza nipotale, si schermì alla richiesta d'ospitalità d'un'àvola sola (l'altra poteva usufruire d'un comodo divano, alla bisogna divano-letto) dicendo: "Mi capisce, signora, ma è una montanara!", che io quell'odore montanaro lì davvero non l'avevo mai sentito, o non me ne ero nemmanco accorto, forse per una mia ormai remota ma sempre presente traccia di montanarità. Ma forse l'odore diverso era quello dei morósi. C'era la sorella di Żiovàlter più giovane che stava ancora in casa e che ciavéva il moróso. Il moróso viene certe sere fisse della settimana. Essere morósi dev'essere una gran rottura di maróni, che non si capisce che gusto ci sia, forse tipo dovere come andare a scuola, perché vuol dire star lì nell'ingresso, seduti che c'è una panchetta sotto l'attaccapanni con specchio fra vasi d'aspidistra, che ce n'è qualcuno anche sulle scale perchè fa tògo, e lì parlano e se la racontano mano nella mano come due gàggio mentre magari noi siamo di là in cucina che giochiamo a tombola e ci divertiamo come dei matti, e loro son lì che c'è anche freddo perché la stufa è solo di là, ma pare che non gliene freghi niente, del freddo, che se dico, ma non ciànno freddo?, Żiovàlter risponde ridendo: "Èee, ma si scaldano poi da loro". Evidentemente ciàn sempre caldo, perché delle sere, anche se solo in tarda primavera, dicono: "Andiamo a prendere un po' di fresco su in terazza". E prendono su e vanno in terazza.

Perché sopra la casa non c'è il tetto coi cóppi, ma quando fai quell'ultima rampetta di scale c'è trovi una gràan terazza, a squadrato ferro di cavallo, come la casa, col pavimento incatramato perché non piova di sotto, la mucchia di sabbia della signor'Irma, e tutte le corde per stendere i panni. Lassù, se non c'è la fumana, il panorama è vasto, e fa venire in mente delle cose particolari. Non sembra la Città della Mòtta, ma un qualcosa che ancora non si capisce. Un qualcosa digià-visto, come se i ritmi di rumba e di habanera che l'aradio ogni tanto trasmette avessero instillato dentro una nostalgia non veritiera, dei ricordi impossibili, emigrante a rovescio per un'america latina forse occhieggiata in qualche film o in qualche giornale patinato, le strade di Buenos Aires, non ancora provate e percorse, il lastricato di Copacabana e il panorama dal Grande Albergo di Cuba non ancora conosciuti. Ma non con il mare o i grattacieli o le palme, solo la spianata dei tetti dai quali si potevano vedere ogni tanto innalzarsi gli sciami magici dei triganiéri, e, unico punto sopraelevato dal tappeto rosso di cotto, quella torre bianca e puntuta che marchiava l'orizzonte con un segno inconfondibile e più antico. Senza pensare ai muschi dei giardini privi di sole delle case patrizie del centro o alla malinconia infinita del chiuso e del suo odore, borracina perenne e pisciate di gatti e di umani, rumore di fontane artesiane, muri scrostati e graffiti dei vicoli più popolari, che ancora non conoscevi.

Rimanevano i monti, a sud, linee consuete e familiari in apparenza; ma questi, invece di dare gioia e aspettativa, spingevano ad un magóne improvviso, senso violento di speranza spezzata e sogno, senza saperlo, già morto per sempre.

4.

L'appartamento è al primo piano, sei scalini e sei già lì, nella tua fetta di mondo. No di fianco, che ci stanno i signori Colastri, pròpio diritto. C'è il nome sulla porta, che ce l'ha messo su tuo babbo, e sopra il legno verniciato di marron scuro il campanello, non elettrico ma tògo, tondo con una manina che tiene due alette che giri e fa drin, uno a giro. Elettrico anche da sotto come quello che cià Marco sarebbe più tògo, ma tanto si sente lo stesso e poi la gente è più abituata a busare. Bussate, che vi apriremo.

Apri, e c'è un coridoio, che ci sta un atacapanni per atacarci le giacche i paltò uno spolverino e quello che ci devi atacare, poi ci sono in parcheggio le biciclette e anche i żavagli quando non sai dove metterli che li apoggi lì per un po' e ci rimangon 'na vita, come una cavagna piena di mele di montagna, un rotolo di assicelle per acendere il fuoco, una pila di giornali che prima o poi li porto in cantina, che per pasare dele volte bisogna far manovra, che quella roba lì nell'ingresso non sta bene ma tanto siam qui provisori; degli anni. Quasi di fronte, con la finestra che dà in cortile, dove altre cento finestre si aprono e occhieggiano braghére, la cucina, luogo deputato a vivande tre volte al giorno e biancheria da stendere e stirare e compiti, da farsi sul tavolo da cucina (appunto), verdino, che ci dicono penicilina, che non so come, perché la penicilina è una polverina bianca, l'ho vista io dentro i bocetini. Il tavolo è moderno, calcolato al massimo delle possibilità ingegneristiche tavolari, col piano di marmo che è comodo perché se l'immelnétti è lavabile, non come quei tavoli vecchi unti bisunti con tutti i righi dei cortelli di quelli che ci son pasati sopra, così anche quando regolare rovesci il calamaio che óóó, mi son voltato un momento, non s'era rovesciato?! ci passi uno straccio e via, che ci vorrebbero anche i quaderni, di marmo. Poi cià il buco tondo che ci infili la canèlla, nel lato lungo il tagliere per la sfoglia, in quello corto un'altra fessura con la pistadóra e in mezzo il suo casetto con le sue posate, che c'è tutta la sua roba lì e si fa d'un bello! Che chi ha pensato un lavoro così dev'esser pròpio uno tògo da matti, come quei cortelini areclame di finta madreperla che da una parte c'è la lama e dal'altra la limetta per le unghie, che non è che l'adoperi molto, che tanto non taglia, apena un po' per incidere i banchi di scuola, ma è bello in sé possederlo, incòṡa lì.

Al muro c'è la credenza dello stesso colore verdino, sopra due ante scorrevoli di vetro ad arcadiche incisioni di cerbiatti che saltellano, con dentro lo stovigliame tutto, e di fronte il lavandino, chiuso con dentro il bidoncino del rusco, ghiotto boccone per le vecchie che, attraverso strade sotterranee solo a loro note vengon su dalle cantine e si installano, spadroneggiano, e sembra che il DDT le ingrassi che ce n'ho messo anche ieri notte e tornan sempre fuori, che ha a sinistra un finestrino che dà luce perché per far da mangiare ci vuole, vicino al fornétto a gas, a tre fiamme, che è una cosa pratica perché non devi tanto star lì a sventolare come con la carbonella, tè acendi e via, va in moto, ma è una cosa d'un pericolo bestiale perché ogni tanto sul giornale c'è: "Famiglia asfiṡiata col gas!" che s'eran dimenticati di spegnerlo, il rubinetto, e quando se ne sono acorti probabilmente era troppo tardi, povera gente, che dele volte è un momento, come col latte che lo metti su e va di sopra che è bastato l'attimo che mi son voltata, dì mò se non ero lì, e andando di sopra aveva già smorzato la fiamma, se non c'ero eravan già fatti, che devi star atento continuamente e dicono delle volte ma non senti puzza di gas? e tutti cominciano a tirar su col naso, a ṡnaṡuplare da tutte le parti e a dire la loro.

Di fianco ancora c'è la stufa economica, che cià anche quella tutto il suo bisogno col piano per far da mangiare, se sul fornétto c'è poco spazio, e cià anche il forno, la vasca per l'acqua calda e il canone coi raggi di ferro che d'inverno ci metti la biancheria a asciugare. La vita è tutta lì, in cucina; lì si mangia, si lavora, si stùddia. Ma quando sei lì delle volte ti immagonisci, sempre lì dentro, con tua madre a due passi che ti controlla, e vai agli spazi che avevi a disposizione e non hai più, a quella casa enorme con quelle stanze enormi, piene di cose strane e arcane. Lì è tutto lì, vacca d'un cane, sempre noi due e poi noi tre, a due a due come i tre remagi. D'inverno vedi il buio che cala, quando torni, perché prima sei andato giù a giocare, chiedi l'ora a un pasante, perché nesuno ha l'orologio, che sballi sempre l'orario che quando è giù perde la testa e non si ricorda dove sta di casa, dove sei stato fino a adesso, che è già buio? Non ci pensi mai, ai compiti? Pensarci ci penso sì, perché i compiti sono sempre lì, tragedia che non finisce, e stùddia se no lo dico a tuo padre quando ariva, che poi ariva e si mangia, via i quaderni e i libbri, su la tovaglia, fuma magari sulla tavola una tazza di castagne cotte, di quelle secche cotte nell'acqua, solo castagne cotte?, solo sì, che sian fortunati a avercele che chisà quanta gente ce le invìddia, anche se sinceramente non vedi la ragione di tale eventuale spasmodico desiderio altrui. Le luci del cortile sono accese da un po', ma il vapore cancella i vetri, e fuori non vedi niente. È noia, la noia quotidiana del poco spazio, l'aradio è di là, e se non c'è qualche famiglia che litìga o un libbro della Biblioteca dei Postelegrafonici da leggere ti muori dentro, come il giorno. Ogni tanto c'è la luce di quei libri, Tarzan de le scimmie, uno che è un Lord inglese che poi i suoi muoiono e lui lo alleva una scimmia e diventa uno vasco da matti, Kammamuri l'uomo di fuoco, che fa naufragio, come Robinson, e parla di frutta strana che neanche quella del frutaròlo, con pere che sembrano pere ma molto più buone, vuoi mettere, e il pao de fero che è un albero con un legno d'una durezza bestiale, che ci fai tutto anche delle scuri, La guerra del fuoco, con gli uomini preistorici e i mamut, le favole dei Fratelli Grimm, ma sono un po' diverse da quelle che ti raccontavano, che fanno anche un po' paura, e Sandocan col quale voli e trasvoli, scordi buio e compiti, che ti dici, ma se la vita fosse solo lèggere e senza compiti e altre balle non sarebbe più tògo?

La domenica è meglio, si mangia in sala da pranzo, che c'è un divano, un tavolo più tògo che l'ha fatto tuo Ziadórno e il bufè che ci vorrebbe anche il controbufè che senza è un po' come una ciclo con una ruota sola, una cosa non integra nella sua logica completezza. Anche questo con stovigliame vario ma da domenica, micca coi piatti e i bichieri scompagnati da tutti i giorni, qua c'è il servizio da sei che tanto da dodici dica mò, signora, non siamo micca più le famiglie di una volta, piatti tutti uguali e i bichieri più fini col filino d'oro e i bichierini per il liquore che quando si tirano fuori si devono pulire con un tovagliolo, per igiene, impara! io? son micca una donna, io, be' così almeno lo sai, come si deve fare, che sanno di chiuso, micca che sian sporchi, e se ogni tanto c'è una visita vengono tirati fuori perché per educazione si deve šibire un quale, signora gradisce qualcosa? cosa posso ofrirle? mocchè disturbo, disturba il male, si immagini! ed emergono da recessi ascosi dove erano state accuratamente logate quelle ciliegine che fa tua mamma d'estate, le marene o le durone coi vasi con lo zucchero fuori dalla finestra, mesi ci sono state a prendere il sole e a suscitare cupidigie, e lì ci voglion le sue forchetine aposta, quelle a due punte, con in fondo la bocina colorata, di bachelite, un altro bichierino? no no, per carità, che mi son già andate alla testa.

Il divano è di velluto, a due braccioli tondi fermati in punta da un leone digrignante che mordicchia un'anella. Apogiarci sopra la testa per leggere, sdraiato sul divano, sarebbe la sua morte, ma poi vedi che lo schiacci tutto, come lo riduci? Anche coi piedi che lo infanghi che chisà dove sei stato! C'è anche la stufa a casetone rossa di cotto, marca Becchi (Forlì), e ci si mangia la domenica, appunto, o se ci sono degli invitati, di là, che è una cosa all'antica perché nella casa nuova di cui si parla ogni tanto ci sarà il cucinotto e una cosa moderna che si chiama suogiorno, che vuol dire che tutto il lòfi della cucina lo tiri via, cioè lo lasci di là chiuso da una porta e ciài il tuo bel suogiorno sempre in ordine se vuoi ricever delle visite. Nel bufè c'è i casetti con dentro le carte o la tombola, se vuoi giocare, ma in quello di una parte c'è delle foto, e dei documenti, che son dei fogli inportanti che quando si cercano non si trovan mai, come le matite e le penne, che ce l'avevo messa ieri, fa mio padre, possibile che non si tenga niente in ordine, in questa casa? Perché nel vaso dove c'è scritto zucchero c'è la farina e in quello della farina c'è dentro il sale?

Al centro del tavolo, quando non ci si mangia, c'è un piatto arabescato che è un regalo di nozze; d'argento? mocchè, si son risparmiati, è solo di rame argentato che a forza di pulirlo col sidol tutto l'argento è andato via. Si è scoperto che sotto è tenuto su da tre paline rosse di bachelite che si svitano e vengon fuori tre bocine normali ma più tògo, che si possono anche prendere in prestito, per giocare, e poi furtivamente si rimetton lì. Com'è che a un certo punto una è sparita e il piatto sta su storto, solo su due piedini? Maaa? È un mistero, può sucedere che quele paline lì fan degli sgóbi! Comunque il piatto resta lì, anche se un po' di sghimbescio, e sotto, per eleganza, deve avere un centrino ricamato, se no che eleganza è?

Poi c'è la camera da letto, in angolo su due finestre, che una è proprio sopra a una rientranza del muro di fuori a due metri da terra, e certe sere ci vanno i morosi a incantonarsi e si sente tutto, che una sera mia madre ascoltava che c'era la figlia di quello che abitava di là e si sentiva pròpio béne, che fa così la seria, e mio padre che diceva dai mò, vieni mò via che non sta bene, non stare a ṡbraghirare, vieni a letto, perché ci sono i letti, il mio piccolo e quello grande dei miei, con sopra la madonna con l'olivo infilato dietro, e di fronte l'armoar con un gran specchio e la tualètt, che misteriosamente non è mai mia o sua, ed è una cosa bassa, stile novecento dicono, con uno specchio alto, che serve alle mamme per spechiarsi quando si truccano. I babbi no, che adoperano solo quello grande dell'armoar per petinarsi o per farsi il nodo alla cravatta, che è una cosa di una difficoltà bestiale che i babbi invece fanno in tre secondi, che non te lo dicono ma devono esser stati a delle scuole speciali. Guarda che t'insegno, si può fare all'italiana, che è così, o lo scapino, che è questo più stretto e elegante, triangolo equilatero perfetto, e trach trach ecco fatto il nodo, vacca d'un cane, fammi provare anche a me, ma come si fa? e capisci che la vita, se vorrai davvero viverla come va vissuta, nella sua complessa completezza, consisterà solo in una gràan serie di dificoltà una via l'altra, senza riposo.

Il bagno è un cesso, non proprio un cesso-latrina ma un bagno di seconda categoria, che fai ancora il bagno al sabato nella soiòla di legno in cucina, perché la vasca, quelli che c'eran prima, che si vede non c'erano abituati, l'han lavata con l'acido muriatico e si è scrostata e fa la ruggine, e adìo vasca. C'è il finestrino col vetro smerigliato perché non si veda dentro, il lavandino che tanto la faccia si lava sempre in cucina, ma lì almeno c'è sopra lo specchio con pettine spazzola e brillantina. C'è perfino il suo vater con regolare catena, poggiaculo in legno ṡbliṡgante, con la carta da giornale ordinatamente tagliata in un angolo, e la sua spazétta, ma il fatto della vasca colpisce duramente il morale, anche se è inutile stare a fare dei lavori, se fra qualche anno andian via dica mò, è tutta fatica sprecata, senza contare i soldi. E già si sognano altri bagni in un tripudio di lucide maioliche, grondanti vapori di vasche colme d'acqua riscaldate con scaldabagni alti come cattedrali.

Non c'è tristezza, poi, a lasciar quella casa lì. Un po' per gli amici, ma non andiamo micca in un'altra città, li rivedrai chissà quante volte. Ma c'è la paura di dover ricominciare tutto da capo, timore per le fatiche di rientrare in un codice, di iniziarti ad una nuova tribù, non pensando che forse, là dove andrai, oltre al cesso ci dovrà davvero essere tutto di nuovo.

E il nuovo ti seduce, anche se quando vai a vedere i primi lavori non riesci a capire bene, a immaginare il tutto, come sarà, cosa accadrà; vedi solo dei muri portanti, dei campi attorno, una villetta di fronte con una gru o pavone con grande coda a mosaico, ma forse quasi non vedi l'ora, di salpare, di partire per le avventure mirabolanti che sicuramente ti attenderanno, verso la Nuova nuova Caledònia.

5.

La signora Giovanna stava di fronte, nel cortile, al secondo piano a destra. Urlava spesso, era una che la voce l'aveva sul serio, e l'adoperava dabbuono, come quelli che quando telefonano lontano (ma allora non ce l'aveva nessuno, il telefono) alzano la voce per farsi sentire meglio. Forse, anche in casa, credeva di susurare e si sentiva fino in piazza Darmi tutti i suoi lavori. E il marito invece non si sentiva mai. Lui dicevano che era comunista, rosso ma pròpio rosso, più anche del postino Piróne che veniva in ciclo e in divisa con la posta, bello rosso anche in faccia perché dicevano che a quel'ora lì un qualche scalfiro se l'era già fatto, e le donne del palamàglio gli dicevano: "Venga mò qua, Piróne, che faciamo un patto, che una bella mattina tira fuori la tessera del partito comunista e ci diañ fuoco qua in cortile e faciamo una gran bella festa, che vedrà come saltan fuori i pistóni!". E lui rideva, perché era un comunista ma sapeva anche stare allo scherzo. "No no spośe," diceva "quella tessera lì non si tocca, è un lavoro troppo inportante!" Ma forse il fatto dei pistóni lo allettava, e rideva di gusto. Non come il marito della signora Giovanna, che magari non si sarebbe rifiutato neanche lui, sul fatto del pistóne, ma non si sapeva bene perché non parlava mai. E quando morì, perché era anziano, fecero un funerale senza prete che si chiama civile, coi fiori rossi e i drappi neri e le bandiere rosse con la falce e il martello d'oro, che ci fu un gran dire per le due scale. Come, s'è mai visto un funerale senza un prete?, che faceva un po' impresione, quasi, che almeno da morto, via!, uno straccio di prete potevano pur molàrglielo. Anche lei la signora

Giovanna era comunista, e quello si sapeva bene, perché urlava che Degàsperi era un delinquente, che i preti eran tutti dei farabulani, compreso Gesù, che solo Santa Rita bisognava lasciarla stare, che quella era l'Unica Vera Santa esistente al mondo, miracolosa da matti, e tutti quegli altri stavan solo bene amazati, e i ragazzi più grandi la chiamavano dalle scale o dal cortile, signora Giovannaaa, signora Giovannaaa, e quando lei si afaciava, in camuffa tacavano a urlare Viva il Duce, Viva il Duce, poi facevan maràia e scapavan via, che lei montava su che era d'un gran bello a vedersi, che sparava tanti di quei càncheri in un secondo a basta per un'intera vita. Apparve una mattina alla finestra, con la bocca e la baslétta lorde di sangue colante, brandendo in mano un paio di tenaglie, con tutto il liquido rosso che le colava giù dal polso fin dentro le maniche. Tutti corsero, ma cos'ha fatto, signora Giovanna, s'è fatta male, vuole aiuto, chiamiamo un dotore, la Croce Rossa? E lei, fiera e feroce, in mezzo a tutto quel sangue, ve' mò se ho risparmiato i soldi del dentista, che i dentisti son tutti farabulani, che avevo un dente che mi tampelava e ho preso le mie tenaglie senza tante balle e me lo son cavato da sola!, e fu quel giorno un gràan spetacolo fuori programma, in quel tristo cortile.

Se per questo ce n'era ogni tanto degli spetacoli, dei numeri, se ne sentivano delle urla. C'era quelle due signorine (eran vecchie, forse, ma ci dicevano signorine perché non eran sposate) che abitavano all'ultimo piano, che quando le nominavano dicevano strane cose curiose, tipo che c'era un po' del fisso fra di loro, una cosa che si avvertiva che c'era del traffico ma non si capiva poi micca bene, una grossa che dicevano che era il marito, ma come il marito, non è una donna? e l'altra minuta e secca, discrete, elusive, buon giorno buonasera e basta, la grossa molto miope con gli ochiali a culo di bichiere che una volta dal tabachino in via del Gambero il tabachino aveva preso da lei mille lire, e le aveva alzate, questo gran lenzuolo rosa contro luce e ci fa, dice: "Guardi signorina che queste mille lire son false!" come false fece lei portandosele a un dito dal naso, son false sì fa lui e false vere se le pasarono mezz'ora aria naso naso aria. Ci si divertiva con poco. E un giorno si sentirono delle gran urla con tutti fuori regolari come con la signora Giovanna, e c'era la grossa che cercava a braccia tese di strozzare la piccola, sulla finestra, come per scaravoltarla giù, ti ammazzo ti ammazzo, urlava. "Ma cosa fate, signorine, cosa sucede?!" urlò a sua volta la folla femminile del palamàglio apparsa all'unisono com'era grembiuli in vita o in patàglia o tutto. La grossa si fermò di botta e tirò su l'altra: "Stiamo provando una comedia!" soffiò di sfida, poi vruum!, la seracinesca si abasò di schianto e non si sentì più niente. Come non si sentì per un pezzo la famiglia che aveva lasciato l'appartamento perché c'era uno all'ospedale, che s'era rotta una gamba o qualcosa ma dopo la guerra, come a dire che il grosso passa di lì e ti lascia indenne e poi ti distrai un momento e trach che ti becco. Perché avevano avuto una gràan fortuna. Avevi sentito dire che l'ultimo giorno di guerra o ṡbliṡga una cannonata tirata a rane, non si sa se dei tògni o degli aleati perché si canonegiavano di qua e di là che era un piacere che noi vivevamo giù in cantina, diceva Żiegéa, e pròpio quel giorno lì mi ricordo si sono schiuse le uova, che in cantina ciavévo una chioccia con ventidue uova e si sono schiuse e sono nati ventidue pulcini, quella canonata lì aveva preso nel muro del loro apartamento, e di pasaggio l'aveva traversato tutto e poi era uscita dall'altra parte, senza neanche dire buon giorno, che c'è rimasto i buchi d'ingresso e d'uscita per anni, nel muro esterno, una casa col buco, come le caramelle degli americani. Senza esplodere, se no adìo, ma un certo bàito doveva pur averlo fatto, e m'incuriosivo sempre a immaginare (li pensavo a mangiare) il tavolo spaccato in due parti nette volare da tutte le parti con quello che c'era sopra, piatti e bicchieri e schegge di vario tipo, e il bàito in tutto il palamàglio e tutto quello che era successo dopo. C'era solo invece il mas'cino, seduto sul vater, che però si prese solo una mucchia di calcinacci e un gràan spavento, ma farsi scapare la cacca pròpio in quei momenti lì è da gàggio. Ci sarà stato però il vociare confuso, e urlio disperato dei genitori dell'incontinente, perché al colpo tremarono non solo i vetri ma il palamàglio intero e il tetto e le cantine, che corsero a vedere cos'era successo e se erano ancora in piedi o no. Era maràglia che manifestava i propri sentimenti, non li teneva lì da catto, e se doveva esprimere un quale lo faceva.

Si sentivano le acute opinioni della signora Betta di fronte quando se la diceva su con sua suocera, e si sentiva solo la giovane perché la vecchia urlava piano e sembrava un monologo con anche le risposte a un convitato muto. Si sentiva la vecchia Colastri che, fluttuando ormai nel cielo dei minori ce l'aveva col mondo. Ma stranamente non si sentiva invece di fronte, pròpio nelle finestre in faccia alle nostre, che i legittimi proprietari tornando da Bari dopo la guerra dove erano sfolati trovarono un'altra famiglia, di mottacénsi, che frattempo s'era messa lì a starci, sfolati anche loro, in sei nello stesso spazio dove noi in tre ci stavamo stretti, terribile amucchia di dopo la guerra. "Faran pure delle liti orbe!" dicevano i Grandi, e poi quella mescolanza razziale, già in cucina dovevan pur far da mangiare alla stessa ora, e il mescolone degli odori magari di maccheroni al pettine col suo ragù e dall'altra parte pesce con pomodoro e origano, burro contro olio, e gli schiocchi del lambrusco e le trasparenze d'un peso vino meridionale. "Come fanno a muoversi, che già una reśdóra in un cucinino così si śburla contro a tutto, da sola per conto suo? Per i mas'cini sarà quasi come una vacanza, loro trovano da giocare su tutto, ma i Grandi? E il tavolo, ci dovranno pur sedere tutti e sei, o fanno i turni? E il cesso, che c'è il mistero che ci devono sempre andare tutti contemporaneamente nella stessa ora?" "Ó, faran come in stazione coi treni, non ci son le coincidenze anche lì?" diceva Żiovàlter. "È che sul culo le coincidenze non funzionano micca tanto" gli rispondevano.

Quel budello di cortile era come una grande cassa armonica risuonante. D'inverno quasi no, perché la fumana lo riempiva e l'insonorizzava, ma a necessità le finestre s'aprivano per comunicare, o come quando la ragazza che studiava canto una sera che si vede gli tirava bene si fece quella romanza della Traviata e tutti fuori a battere le mani anche gli studenti a pensione non so a quale piano di sopra. Ma era soprattutto dalla primavera a finestre aperte, liti e radio con canzoni e notizie, conversazioni e commenti e risate, odori a ora di pranzo e cena e rumore di piatti e stoviglie, e anche Giorgino, uno della mia età. "Era così un bel bambino!" dicevano, ma poi gli è venuta la meningite, che è una malattia terribile che può venire a tutti, all'improvviso, alé, sei lì che camini e trach ti becca, e non ci puoi far niente, che per un po' andasti in giro guardingo e terorizato che magari pasava di lì e ti becava anche a tè. Lui stava delle ore alla finestra, e chiamava a turno tutte le reśdóre, signora Bettaaaa, signora Egéaaa, e quelle che magari erano lì che facevano i fatti rispondevano: "Alora, Giorgino, cosa fai, fai amòdo? Fa il bravo, èee!" ma lui non aveva niente da dire, in risposta. Gli davano dei gran fogli di carta, giornali vecchi o altro, e lui si divertiva a farli in tanti pezzettini minuti che poi molava giù, e vorticavano piano per l'aria ogni tanto brillanti di sole, e si posavano a centinaia sul cemento del cortile, dentro il quale, come per miracolo, sembrava nevicasse anche d'estate.

6.

Era da quel po' che mia madre limava sordo, sull'aradio. Era, sosteneva, come non esser neanche al mondo vero, senza di essa, che la tìvi oggi è roba da ridere. E poi ce l'avevano quasi tutti, quelli che contavano, vuoi mettere esser lì che fai i fatti, e intanto l'apri e ascolti tutto quello che sucede di qua e di là, che è anche una compagnia, perché tè stai in uficio tutto il santo giorno, ma uno qui in casa l'acende e sente la musica, l'opera, quello che c'è insomma, le notìzzie del giornale aradio, e poi i soldi ce gliò, eran quelli risparmiati per comprare una casa nuova, ora con la svalutazione oltre alla bicicletta ci viene anche almeno la radio, che mia sorella quella non ce l'ha ancora.

Mio padre nell'aradio c'era quasi nato, se ne intendeva, perché in Africa era in trasmissioni che vuol dire pròpio lavorare con quelle da campo dei soldati, di aradio; c'era anche, diceva, quella sua radio a galéna, una scatola che peggio di un amplificatore da chitarra da un vat e mezzo, di quelli lòfi lòfi, con un filo bestiale d'antenna che giuro ogni tanto si sentiva anche, con le cuffie, qualcosa, e sembrava il telefono fatto con due scatolotti e lo spago in mezzo. Vuoi mettere con regolare Radio Marelli, che dev'essere qualcosa di importante, Marelli, perché a Carpi, cittadina lungo l'asse di trasmissione europeo Sużara-Mantova, c'era una gran fabbrica, appena sbarcati dalla stazione lì fuori, Magneti Marelli, e i Magneti son delle robe che fanno andare le aradio tutte, forse, e poi ci vogliono le valvole, che son come lampadine che si accendono dentro, quasi senza luce però, e questo stabilisce già che sono una cosa strana, ma ci vogliono che se ne ṡbraga una l'aradio non va più, e scoprirai dopo anni che si stùddiano anche a scuola, le valvole, come tè latino, che c'era quel profesore di radio del tuo amico Franco-Fini chitaraio che invece di chiamarli col nome vero di loro li chiamava tutti col nome di una valvola, e lui era 6K7, difficile, perché l'aradio è un lavoro brutto che tè l'acendi e se tutto è a posto si sente subito, micca come l'aradio a galéna, che sembra una specie di bestia, la galéna, come di un animale mostruoso e mitico che la faccia andare da lontano, per sola forza di volontà e pensiero. Che dice no, è una specie di cristallo, solfuro di piombo (piombo di cosa?); ma come fa quel afare lì, senza regolare luce elettrica, a prender la radio, le onde? Che sono medie, corte, e cortissime, si suppone, tipo da una stanza a l'altra. Ma no! È che il cristallo di galèna è un raddrizzatore elettrico, e serve come rivelatore nei ricevitori radio passivi (ó, la mette sempre giù facile nelle spiéghe, tuo babbo), che andrebbe anche ma ci voglion sei chilometri di antenna, che è poi un filo tutto attorno a una cosa che si chiama bobina, che io una volta ciò provato e quasi mi ci legavo in mezzo, che se lo metti in casa ci stendo sopra i panni, va mò là, e la Radio Marelli ha il vantaggio moderno che tè tiri giù il pirullo e appena tirato giù esso pirulino ti mette subito in sintonia, che vuol dire che non sbaglia un colpo, come l'acendino dello Žiovàlter che gliel'ha fatto un commilitone (ma che parole adoperano?) quando era nella naia, e che fa una puzza di benža che tutte le volte che acénde una sigaretta sembra che sia apéna pasato un càmmion, che sarà anche quello che è ma guarda, tach, non sbaglia un colpo, e poi ci sono anche affezionato.

Non solo, ma non c'è micca solo Milano e Roma, nel suo quadrante, o Bologna, che alla domenica si sente anche Bologna, ma ci sono città (si suppongono, tali) di lontana non chiara esteriorità, Belgrado, Istanbul, Vienna, Londra, che se ci vai in cima parlan diverso e tè dimmi che gusto c'è, almeno quando van nelle onde corte che fa pi, pi pii, pi pii pi pi e così, si diverton come dei matti, mio babbo e lo Žiovàlter, che con la matita in mano e un foglio di carta, loro del telegrafo, si divertan a tirare giù quello che si dicono in quel misterioso linguaggio criptico dell'alfabeto morse, c'è burrasca alle bocche di bonifacio, ma cosa gliene frega loro delle bocche e di bonifacio, che no, è un posto sul mare, sta mò zitto che mi confondi, è il morse, ti dico, che è così, guarda, pì-pì-pì, son come tre punti, così, guarda . . . , e poi c'è il pii-pii-pii, e son tre linee, - - -, e poi ancora pì-pì-pì e vuol dire

ESSE-O-ESSE che se tè metti sei su una nave che afonda fai così, S.O.S. e ti vengono a salvare, e tu felice di aver imparato quella cosa d'importanza fondamentale lì perché non si sa mai, d'ora in avanti potrai andare per mare tranquillo e sereno. E mio babbo che a l' diṡ, a l' fa: "State mò zitti che m'avete fatto perdere il filo". Aaa, un bel lavoro l'aradio così, che poi a scuola ti dicono si scrive *radio*, gàggio, e finisce per o ma è femminile, si dice una bella radio!, sorprese senza fine che la vita ti riserba. Va be', è bella la radio, ma non è mò meglio quando c'è le canzonette, o le trasmisioni di varietà, che fan anche ridere, ce n'è una tògo che si chiama la Bisarca, con Noè e i papagalli che cantano, non come quando c'è il convegno dei cinque, che son cinque (cinque?) maronai che si mettan lì a dirsela su, che io vado a letto, vai pure, o il concerto della Martini e Rossi, una signora e un signore che ci piace la musica e sembra che suonino ben più di due, che questa sera voglio proprio godermelo fa mio babbo, o l'opera, con l'amico Friz e il duetto delle ciliege, che pensi son lì che se le mangiano e se la cantano, sogno giugnale di esser su quelle piante che sai, ma quando c'è le trasmisioni di varietà vien giù anche la Żiegéa e lo Żiovàlter, che tè, tutte le volte regolare SUL PIÙ BELLO (ma come fanno a saper scegliere sempre quel momento lì?!) tanto ti mandano a letto e buona notte, ancora cinque minuti soli, cinque minuti cosa sono?, no neanche uno fa tuo padre che poi da cinque diventan dieci e domattina non riesci più a alzarti e sei in bambola tutto il giorno. Ma i miei amici le ascoltan pure le trasmisioni, e tutte, che se le raccontano sempre com'è stato tògo quel colpo lì, e tè lì a fare la figura del gàggio a dire no, ero stanco, sono andato a letto, che sembra che ci sia sempre tu, davvero, in bambola perenne. Che è una bella ingiustìzzia, però!

Ma la radio è soprattutto il grande evento storico che accade, e tè sei lì che ascolti o lo vivi, in contemporanea. Come per le elezioni, che quando dettero i risultati si fece un silenzio come in chiesa per l'elevazione, o come quando cadde l'aereo del Grande Toro, in un posto chiamato Superga (ma non sono delle scarpe?), che era maggio, di sera, ma il tempo era brutto e piovoso e freddo che sembrava tornato l'inverno con quasi la fumana. Si aprì una finestra a chiamare, poi tutte, e si dettero di voce, mó ha sentito cos'è sucesso?, tutti morti, un gran disastro!, ma chi? Quelli del Toro, l'aereo si è scontrato contro il monte, o la chiesa che c'è su, insomma è pichiato lì e s'è ṡbragato incòṡa e sono morti tutti. Dio che disgrazia, povera gente! E via di corsa a acendere la radio che blocca i programmi e dà la notizia con tutti i particolari. Volavano su un Fiat G212. L'aparécchio per viaggiare, come noi si fa col treno? Lo vedi che non stan su?! Ma la Fiat non fa le macchine? Anche gli aparécchi? Son buoni di farli? In tempo di guerra li avevamo visti, tanti, ma ṡmitragliavano o bombardavano, e adesso c'è gente che ci viaggia in cima. E loro son tutti morti, nessun superstite, dice la radio con nuova parola. Che avevi fatto anche fatica a impararli tutti a memoria, come quelli dei canarini, Corazza Silvestri Braglia Malinverni Neri, e lì erano, e li dicevi ritmici come una poesia di scuola, Bacigalupo Ballarin Maróṡo, Gréżar Rigamonti Castigliano, Ménti secondo Loik Gabétto Mazzòla Òssola. E tu e gli altri mas'cini dalle finestre suggerivi i nomi per i Grandi, che non se li ricordavano, e tutti erano commossi, piangevano, come se fossero stati gente della porta accanto, del piano di sopra.

Ma appena un mese dopo hai un brivido e diverso quando una voce annuncia, a te con l'orecchio incollato: "Un uomo solo al comando, la sua maglia è bianco celeste, il suo nome è Fausto Coppi". Sembrava avesse parlato solo per te, coppiano convinto, una fede. E per un po' cercasti di immaginarti quell'Izoard che doveva essere una montagna tremenda, micca come le tue montagne amiche e in quella stagione verdi di castagni, là forse neve anche d'estate, e roccia, e strade impossibili senza potersi attaccare a nessuna macchina, che altro che quell'Everest dell'Himalaia della scuola, e lui, Fausto Coppi, solo ed eroico omarino tutto naso, un Sandocan a due ruote, che quelle montagne le scalava, come se si arrampicasse mani e piedi con la ciclo di traverso in spalla. Si corse immediatamente fuori a manifestar gioia, fieri, della gloria e della vittoria, diventate tue, ma poi tutto si trasformò immediatamente in gioco, era già estate ed eri là con gli amici dove l'aradio non importava esistesse, e del mondo esterno, al di là di quei mas'cini e quella strada e quei giochi, non ti fregava poi pròpio gnénte.

7.

Le case sono fortunatamente fornite di marciapiedi, che le circondano tutt'intorno. Sono sbreccati e sconnessi, come se la guerra stessa e non normali piedi umani li avessero frantumati, e fra le crepe, quando stagione, crescono anche ciuffi d'erba, ma in questo è il suo bello. Perché il marciapiede, usato banalmente per camminarci sopra, è invece naturale pista di coperchini, e se questa fosse tutta agibile e scorrevole non sarebbe così tògo; come fare, altrimenti, i vari premi della montagna? come forare e ritornare mogi al punto di partenza, se non ci fosse un'imprevista escrescenza di cemento o un'oasi improvvisa contro la quale il coperchino urta violentemente ed interrompe quella corsa in cui il cricco sapientemente calibrato l'aveva lanciato? E si vede il bolide che si impenna e si scaravolta ed esce, seguito a ruota dall'urlo raccapricciante ad esprimere dolorosa sorpresa e imprecazione violenta contro la ria sorte.

Il coperchino è arte. Da normale tappo a corona per chiusura di bibite si trasforma in velocipede completo di ciclista o in auto da corsa col suo pilota dentro. Ci sono quelli da collezione, ampi scatoloni li contengono, e lì importa la bellezza cromatica del disegno e l'eventuale rarità. Un Tennis rosso per l'aranciata e azzurro per la gażośa è pur bello in sé, col nome impresso sopra, come cesellato, ma basta che tu vada a frugare di pomeriggio fra il ghiaino dell'omonimo cinema e ne trovi a quintalate, buoni solo, se li trasformi in soldatini, a diventare fanteria di linea, povera buffa, carne da canone, come quelli della birra Ronżani o Mètzegher, o dell'aranciata Sanpelegrino, che si sacrificano, pancia all'aria a mostrar il sughero (perché così *capisci* che sono sbalati), in inutili assalti di fortezze imprendibili, sadomasochistiche Balaklava. Allora devi trovare un ancora abbastanza raro Coca-Cola che li comandi, con uno stato maggiore di Chinotto Neri (non è chinotto se non c'è l'8) o Recoaro, gialli Cedrate Tassoni, verdi Pack Soda e, assoluto prence, un rarissimo Recoaro, forse sperimentale, ad arcobaleno, che gestì per anni il comando assoluto.

Ma non in quelli da corsa, che perdevano ben presto sulle piste i colori originali per mostrare la loro essenza di lucido metallo. Dovevano essere appesantiti, per non svolazzare fatui come falene impazzite a cricco assestato, ma andare veloci e diritti là dove la mano lanciante li voleva; allora sul sughero colavi cera di candela, poi, appena a sfiorare l'orlo, il viso di un corridore ad arte ritagliato da un fifi, o da un giornalino, indi un ultimo strato di cera coprente, velante e svelante al tempo stesso, che il faciòtto dell'eroe si distinguesse al meglio.

Era la primavera che faceva esplodere le gare. L'inverno ci avviliva di freddo e fumane, se non nevicava con possibilità di palate, magari con dentro un sasso per renderle più micidiali, e al massimo potevi fare le spadate, con spade di legno ottenute sagomando come dovevasi le lunghe assicelle per accendere il fuoco, elsa inchiodata, già colorate in punta col rosso di un pastello per simulare con gioia il copioso sangue lì lasciato da qualche nemico ucciso, con strisce di gocce che colavano da tutte le parti. A una cert'ora si radunava la terribile banda, che correva per la strada coi paltoncini svolazzanti, emettendo temibili grida gutturali e d'incitamento equino, perché si caracollava naturalmente sempre a dorso di cavallo, con la mano destra che batte sul culo a sprone e quella sinistra a pugno avanti e indietro per reggere la briglia. Poi contro l'aria, o mulini a vento, o avversario reale il duello si accendeva, e i colpiti accettavano di buon grado la morte perché potevano mostrare come sapevano farlo bene, mettendoci anche, prima di stravaccarsi al suolo, una buona mezz'ora di contorcimenti e dolorosissima agonia. Si poteva essere anche eroici caubòi (difficile indiani, che alora eran considerati tutti gran tròglie) e la fantasia era ampiamente supportata da letture, qualche film, giornalini e uso continuo dei verbi all'imperfetto indicativo, nel senso che io poi ti tendevo un aguato e tu non ti acorgevi, no no son micca un gàggio io a l'ultimo momento lo vedevo che erì lì, e così via, a seconda della forza morale e fisica del proponente.

Il fùdbal non aveva stagione. Lo si poteva praticare sempre, avendo a disposizione una cinza. Quella vera era difficile da reperire, miraggio irreale, allora bastava qualunque cosa tonda che, calciata, partisse con un certo ardire. Ci voleva un simbolo che facesse da porta, giacche o mezze préde bastavano; era che, come la cinza, non tanto la porta ma il portiere stesso era difficile da reperire, perché vigeva una sola tattica di gioco, che tutti volevano essere là dove la vita ferveva, cioè attorno alla palla, o che per essa, e il portiere passava anche delle ore a spacarsi orrendamente i màrrons, in contemplativa solitudine, quasi uno stilita, e a volte, se la stagione portava polvere, perché stadio era la strada tanto non è che le macchine passanti disturbassero un gran che, c'era un gran spolverone e in mezzo si intuiva un numero imprecisato di mas'cini scalcianti e urlanti passa passa. Consiglio o incitamento raramente seguito, perché cosa più importante, giocando, era scartare, che se avevi la cinza ai piedi non ti pasava neanche per l'anticamera di tirare un canlóne per porgerla a qualcuno, ma cercavi a testa bassa di andare in porta; per il portiere stessa importanza aveva il tuffarsi, che se anche la palla era entrata dall'altra parte un tuffo degno del nome con relativa pesante ṡbalanzata a terra era di grande effetto e prestigio e "Tè ti tuffi?" la domanda di rito per valutare le minime possibilità di un portiere, quando, a pari o dispari, si formavano le squadre.

Ma appena i primi tepori si rendevano disponibili erano i coperchini che apparivano, in gare continue interrotte dai grandi che te li volevano cucar su o dai Grandi Grandi che con banali scuse di compiti o che ti immelnettavi ti volevano portare via dall'agone, nel momento più tògo che magari eri in fuga. Non capivano la bellezza epica dello scontro, non ci arrivavano a comprendere che per dare bene il cricco DOVEVI metterti quasi sdraiato per terra, in chinino non bastava neanche, le ginocchia ben piantate nella ṡmalta o nella polvere, la mano sinistra salda e larga appoggiata al suolo, il braccio destro che nella spinta inevitabilmente strisciava per metri di marciapiede. C'era una tecnica, vuoi mò preocuparti delle ginocchia, delle mani che guarda come ti sei ridotto, della manica della giacca che è nuova e i soldi non si trovano in mezzo alla strada? Cos'eravate voi da mas'cini, tutti il piccolo lord? Anche coi fifi ce l'avevano, saltavan fuori che poi litighevamo e non pensavamo ad altro, che è stato fuori tutòggi a giocare che è venuto su meżóra fa e i libbri non li ha neanche guardati. Ma secondo voi è più tògo giocare coi fifi o imparare la cavalina storna con lui là che non ritorna, che non si sa neanche cosa vuol dire quello storna lì! E via appena arrivati giù a buttarsi sul marciapiede o a tirar fuori il maghétto dei fifi ben serrato con un elastico.

Già, i fifi. Chi è quel genio che ha inventato i fifi? Non doveva essere roba di recente, perché ne avevamo di antichi non sempre facilmente comprensibili, tipo quelli della Liebig, o della Perugina che certi Grandi tipo Ziovàlter quando li vedevano dicevano: "Ve', ve' i fifi dei tre moschetieri! Ma ce l'hai il Feroce Saladino?". E io che i tre moschetieri li avevo letti ma non c'era su né i fifi né il feroce saladino chiedevo spontaneo se per caso scosasse un dente, a l'interlocutore. Doveva essere era materia remota (ma alora giocavate anche voi, coi fifi, i miei maronai!), come quelli del fascio sull'Africa o la guerra, roba scovata in qualche casetto dimenticato, eredità sopravissuta a un conflitto mondiale. Ce n'erano di molte fatte, di fifi, ma noi avevamo soprattutto quelli coi ciclisti e i giocatori di pallone, facce remote perse nel tempo con delle ghigne che sembravan mio nonno epure dovevan essere giovani se giocavano a fùdbal. Com'è che i fudbalisti d'antan sembran tutti vecchi? Erano anche molto istrutivi, quei fifi lì, perché c'erano nomi di cità sconosciute con lo stemma che poi le imparavi, Triestina, l'alabarda, Udinese, un angolo acuto nero; così. Si presume che siano le squadre di Trieste e Udine, quelle lì, ma Atalanta, dov'è Atalanta? E Spal? E perché Napoli cià un somaro e la Juventus una zebra? Tè per chi tieni? C'era poi i babbi di certi mas'cini che facevano la colezione anche loro, e tutte le doppie le davano ai figli che giravano con dei maghétti incredibili; vuoi mò dire che ci fosse in mezzo anche il mio, a quei babbi lì, che son tutte sciochezze? Che invece innanzi tutto dovevi tenere il patrimonio ben logato da qualche parte, altrimenti alla prima ritorsione punishment finivano nella stufa. Scherziamo, un patrimonio di fifi messi assieme in anni di assidua accumulazione, lacrime sudore e sangue in tre secondi divorati da un fuoco che non perdona? Roba da restarci secchi lì.

Si comperavano in cartoleria, e quando riuscivi a mettere assieme le cinque lire o a fare un'astuta cresta a un penino ne prendevi un pacchetto da dieci. Dietro grigi di cartoncino, non stavi tanto a guardare com'erano i colori o se erano maltagliate, ma la prima emozione era annusarle, quel'odore che avevano, così tipico e inebriante, poi togliere la fascetta, guardare se célo célo mi amanca, che dopo potevi fare anche i cambi, a pari o due per una. Poi si misero a tenerli il tabachino e il frutarolo, dentro a delle caramelle, fra le due carte c'era il fifi ben piegato, che se le metevi assieme tutte cento vincevi anche una cinza vera che uno ci riuscì e ci fu un gran dire di invìddia ammirativa per tutta la strada e dintorni.

Però emozione più grande era quando li vincevi giocando, con in bocca il sapore ferruginoso dell'azzardo, perché potevi anche perdere tutto il patrimonio in un pomeriggio di tragedia, ma il dolore non era come quando tuo padre te li buttava nella bocca vorace e incandescente della Becchi (Forlì) perché lì la lotta era impari, come gettarsi contro un destino ostile, erano persi senza remissione e pietà; giocandoli potevi aver perso, ma sentivi che avresti anche potuto vincere, e che un giorno sarebbe girata dalla tua, che non si può sempre avere una naṡa così, gli venga un quale, vacca d'un cane!

Per giocare ci volevano le dande, o bambane, che procuravi frugando in quei cassetti dove c'era del filo, degli aghi, un paio di forbicine, bottoni a piovere e qualche moneta fuori corso. Queste erano le dande. Di gran pregio le francàiṡe, che erano dande così dette perché sopra al faciòtto c'era scritto republìque francàiṡe, certi parpadlóni più tògo di quelle vittorio emanuele re d'italia. Le dande dovevano essere grandi ma senza darlo tanto a vedere perché troppo grandi era scoretto, come un gaucho legìtimo un facon più lungo di tanto, come a tarocchi uscire sulla secca per tagliare dopo, come quelli che provarono a arivare con le dandane di piombo, che dicesti, tògo son anche tògo, ma cosa fai, il furbo, mas'cio? Facevi a pari e dispari bimbum i due avambracci destri in molle altalena per due volte, e al terzo, bam e scatto delle dita, poi chi perdeva tirava e l'altro cercava di prenderti la tua, di prima se eri arrivato alla lunghezza d'un fifi, di seconda se ti appoggiavi sopra, di terza, se, con mossa di grande abilità e ammettiamolo culo, ci prendevi e nello scaravoltarsi la sua dandana copriva la tua. Ma non era micca facile, c'erano regolamenti di grande precisione e puntigliosità, anzitutto potevi urlare tutto di tutto per me niente di niente per tè, perchè ogni formula rituale gridata prima aveva un valore bestiale, e quando andavi a fèrghen potevano sovente nascere discussioni che, anche se di grande urbanità, capitava sfociassero in spiacevoli diatribe, ci sta no non ci sta tocca ci ariva con gli angoli non vale gnint perugina che sono più lunghe. Come quando giocavi a butar giù, che preso un punto di un muro li lasciavi cadere e li guardavi lenemente ondeggiare fino a posarsi per terra che a volte c'erano distese di rettangolini colorati per marciapiedi e ogni volta era una stretta al cuore perché se il suo ne copriva uno tè eri fatto e li cucava su tutti lui. È che di angolo non valeva, ma decidere cosa sia poi la esatta dimensione o definizione di angolo comporta certe difficoltà e i punti di vista sull'assioma angolo non erano sempre sereni, dispiace dirlo.

Ci sono giorni nella vita di fondamentale importanza, momenti che ti segnano da lì in avanti, ma quando ci sei raramente te ne accorgi o non ci pensi e dopo non te li ricordi. Ci sarà stato probabilmente uno scivolare distratto verso la noia, un disinteressarsi a poco a poco, uno svagarsi in altre direzioni. Forse anche un maghétto intero gettato nel fuoco che non provocò le consuete tragiche reazioni, me ne frega bén a me dei fifi; chi sa? Certo che scomparvero, e i coperchini seguirono quella sorte, con una mamma che magari diceva: "Ó, sto scatolone di coperchini qua che son dei mesi che è nei piedi cosa faccio, li butto via nel rusco?". E tè che superiore e lontano dicevi: "Móo? Butta pur via!".

Probabilmente, qualcuno aveva cominciato a fare collezione di francobolli.

8.

Tè magari credevi anche di averle già provate tutte, tè, le avversità o le piacevolezze climatiche messe su questa terra a rallegrarci o a farci dei danni od anco ancora quel che ti pare. Dabbuono? Prendi mò su allora questa nuova, che una fatta roba così non te l'aspettavi di certo.

Un po' la conoscevi, mó diversa ve'! Anche d'estate, ma soprattutto d'autunno, quando il tempo è piovigginoso, ti guardi intorno e d'improvviso non vedi più i monti abituali che ti circondano: sono dentro ad una caligine fitta di latte intorbidato, un biancore che si insinua fin giù per canaloni e calanchi e li impregna, come una calante colata di panna montante e montata che a rullii successivi scende e si impadronisce di tutto, e immagini là dentro tutto quello che ci può essere, piante fiori e bestie, come conquistati, vittime innocenti trepidanti e bagnate, e ne provi spasimo per loro, forse ricordando nelle tue ossa, ora ben vive e giovani, fremiti antichi di antenati tremanti davanti a fuochi stizzosi che non si volevano accendere e tirare bene, provocando non vive e vivaci fiamme, ma solo capaci invece di aggiungere fumo al fumo, in dentro ad improvvisate capanne di sassi, pali, frasche e paglia smaltata.

Ma poi, quando le ore del giorno cominciano a farsi alte, vedi quelle nuvole basse (e altro non sono, solo nuvole basse) che piano piano cominciano a ritrarsi, come se un potere malvagio e notturno venisse a poco a poco sconfitto da misteriose forze del bene, e nelle vallatelle esse nubi si innalzano a formare sfilacciati orifiammi di vapore; poi da un nuvolo spunta un raggio che illumina un pezzo di bosco e allora il mondo ritorna, lì a colori, non in bianco/nero come prima, ed è anche capace che verso mezzogiorno tutto si sia pulito e ritorni fuori il sole, a ridare energia, e calore.

Ma no questa nuova esperienza. Può anche darsi che la mattinata sia stata di sole, seppure incerto sulle prime, velato e sbiàvido, ultimo ricordo di un'estate ormai ahimé lontana e quasi irraggiungibile, non più lì vicina, di ritorno. Un sole che non aveva nemmeno avuto la forza di sciogliere la brina nei campi d'attorno, e che col passare delle ore, superato uno zenit irrisorio, si faceva sempre più basso, come in certe foto che vedrai nel giornale Sìgnal, smisurata pianura russa che altro che la Padània e neve e fanti grigioverde e Panzerkampfwagen "Mark viertel" e isbe e questo sole così, radente la piana, che riluccicava, magìe del Propaganda Korp, sul ghiaccio e nell'elmetto sagomato dell'ancora lucido e trionfante soldato Wèrmacht.

Però ti eri quasi illuso, sole uguale estate e non inverno incombente e non Città della Mòtta e tutto, che di quella stagione anche col passare del tempo ne serbavi memoria e malinconia, favorito dal fatto che nella casa (e fuori prematuramente imbuiava) i vetri si coprivano del denso vapore che i fiati tuoi e di quegli altri, e il calore dell'economica che andava, provocavano, fra panni fumiganti stesi sui ferri sporgenti dal canone, qualche tegame in cottura di cibo e la caldaietta dell'acqua bollente incrostata di carbonati di calcio. Quei vetri da disegnarci facce, e nomi, che poi gocciolavano come di pianto fino al legno della cornice.

Nel grande cortile a scatola vuota (grande? ma se si parlano da una finestra all'altra?!) col quadrato del pezzo di cielo in alto e i rettangoli di tutte le finestre che si guardano, brinati i vetri dei cessi, cestini di metallo appesi che i frigo aspèttali, con dentro un po' di burro una cipolla un aglio una patata germogliata e due rami di rosmarino, non scorgi nemmeno le luci delle finestre di fronte, perché è già venuto buio ti dici, e dal tavolo di marmo della cucina ti alzi e ti rialzi coi compiti che non vogliono andare in marcia come un trattore Landini monocilindro a testa calda (entrare in orbita, dirai poi, ma vuoi mettere!), e i quaderni neri di copertina a bordo rosso che pensoso smangiucchi arrossandoti la bocca tutta come di rossetto sbaffato, quaderni con regolari orecchie e macchie (che come faranno quelli ordinati, dei mas'cini, malodetti, buoni solo a esser sempre portati ad esempio), fogli a righe diverse a seconda della classe che sono come un passaggio di grado e fogli a quadretti stracolmi di tabeline e lavandini con rubinetti che versano tanti litri in tanto tempo e scarichi che scaricano e non tornano mai, quei conti, quei carichi-scarichi come bagagli dai treni, e chiedi: "Ma perché aprire il rubinetto se poi l'acqua sembra avere l'unico scopo di andarsene via in un tempo e in una quantità che non ti riuscirà MAI di calcolare!" e cerchi quindi una remota ispirazione provandoti a guardare il nulla attraverso quei vetri. Ma guardi solo il niente di quel che ti passa in testa, nostalgia di vacanze o di letture o di boschi e di un fiume che lo SAI che scorre e tè non sei lì a vedere, e di quel fiume forse sapresti anche calcolare quanta acqua passa da lì, al minuto secondo.

Poi magari vieni spedito fuori a comprare un etto di un qualcosa che improvvisamente è diventato indispensabile e allora, trach, vacca d'un cane, il mondo dov'era finito? Questo la prima volta, perché dopo ti abitui a tutto, e quel paesaggio ti diventa famiglio e parte di te, da sentirne, a volte, quasi un homeless desiderio in sempre solatie terre lontane ed esotiche, come se gli abitanti della Padània ce l'avessero dentro, in sangue e visceri, metabolizzato insieme a cibo e bevande, żamponi lambrusco e calìgini. Ma la prima volta! La luce delle scale riusciva un po' a bucare quei pochi metri attorno, fino alla sagoma, spettrale, tocca dirlo, d'un alberino, fino ai lati del portone istesso, ma tutto il resto era aria fitta; non la strada, non le case di fronte, un biancore sporco di acqua e anice entro il quale tutto era stato ingurgitato. Era la fumana.

La fumana, eccola. Ti avvolge e ti mangia, ti prende e fagòcita. E non puoi sperare che un vento improvviso la spazzi e tutto risplenda rapido e rabido, trionfante. C'è un silenzio che te lo fa capire, troppo. E come fare ad attraversare la strada, impresa da compiersi con le mille cautele, come da avito consiglio, anche quando ci si vede, che tè chisà dove hai la testa che ti butti e via, uso i gatti, come se fossi così gàggio da andare a finire sotto a una macchina, per la vostra bela faccia, così che possiate poi dire non povero piccolo ma te l'avevo detto, io! Cerchi di guardare di qua e di là poi via, e vieni quasi investito dabbuono da un tìzzio in ciclo con un fanale che ora che ci sei da téso lo becchi, ma prima non c'era no. Ora lo vedi, lui il cappello sul naso e il tabarro e le mani infilate dentro ai manicotti di coniglio fissati alle manopole, e lo senti il campanello che drindrina e la voce che urla: "Maràia monèlo!", hai 'na bella paura, il tuffo al cuore c'è stato, per l'apparizione, ma lo scatto scartante del fudbalista di rango lo possiedi ancora e con un salto sei già sul marciapiede di là.

Ma di là è uguale, hai fumana tutt'attorno; hai anche le falde del cappotto (quello nuovo) che sbattono contro le gambe nude e fredde, mal protette dalle braghe corte che arrivano solo a metà delle cosce, la testa a testuggine fra il bavero, con gli occhi ben sporti e spalancati in avanti per vedere un quale, le mani in tasca, una ben stretta su quelle lire che sta aténto a non perderle, fra niente e niente, ma da tèso ai muri già riconosci quello del villino di Cesare, e più avanti il muretto basso del grande palamàio, il muretto coi ferri della cancellata segati a zero, come tutte le cancellate d'altra parte, anche ai Giardini Pubblici, che se chiedi perché i Grandi ti rispondono "ferro alla Patria!", ghignando, e non si capisce la ragione se la Patria, come dicono a scuola, è cosa così importante da morirci anche sguazando, che chi non lo fa è un codardo che è poi un vigliacco di quelli che hanno fifa a scavalcare qualcosa di scavalcabile e che DEVE, come nell'ordine naturale che tutto move, essere scavalcato. Sottrarre cancellate è poi privare dell'ineffabile e consacrato piacere di farle risuonare ad arpa, correndo, con un bastoncino, o una lignea spada da spadate o, meglio ancora, con un pezzo di ferro rimediato in qualche montagnola da rusco, fosse null'altro che per il sottile piacere della tubana in sé, come quando metti, nella tarda primavera, una cartolina retta da appositi chiapétti fra i raggi della ciclo per fare la moto e te ne vai allegramente, su e giù per la strada, con un'altra decina di mas'cini, nelle ore più calde della giornata, quando la gente prova a cubiare.

Anche i tuoi pensieri, come fischiando al buio, vanno allegramente su e giù, e intanto sei arrivato sotto al lampione, botta di luce, sopra alla colonna dove c'è, nelle sere di prima estate, il salvi dello streganascóndere, nobile attività ludica cui si danno i più grandi e tè no perché sei ancora piccolo e li guardi sbavando dalla finestra che alora la fumana non c'era. Ma lì sei quasi arrivato, altri due o tre villini e finalmente la vedi, la luce amica del negozio del frutaròlo, anche se la vetrina è appannata dai fiati e forse dal calore di una stufetta elettrica.

È sempre bello entrare in quel negozio, vale la pena del viaggio, perché si può sempre desiderare se non comprare, e ci sono cose che vengono probabilmente da lontano, dopo aver viaggiato per le Ande a dorso di lama o per i Mari Malesi su veloci prahos (è insito, nella natura dei prahos, l'essere veloci). Ci sono le zucche marucche di sconcertante grandiosità bergnoccolósa, così capòdeghe, terse, marmoree, da scambiarle per finte, le prime volte, come le frutta su quei vassoi che le zie tutte sempre hanno e te ne darebbero anche, se non fossero, come per insulto al tuo desire, di cera; zucche alcune spaccate che sciorinano cavità gialle colme di romèlle; altre, giallo pallido che si trasforma in un giallo dorato che scivola nel marron, già cotte, pronte all'uso, e senza romeline, finite probabilmente a dormire, salate e tostate, in qualche ripostiglio di cine, pronte a finire in scartocini di carta da giornale o schedine della Sìsal. C'è la succulenta dolcezza della patata americana, un po' raggrinzita dal forno ma vuoi mettere con le nostre, perché gli americani ciàn tutto più tògo? Osservi l'aranciata curiosità dei cachi, così pastosi e ramati, che sai generosi del loro sapore (non costano un granché) quando li ciucci lento col cuchiaino, fino ad arrivare alle grosse romèlle del mezzo che risballotti di qua e là como caramella, fino a romperne infine l'involucro da cartilagine che mastichi sputando fuori i semi per contemplarli, ben sapendo che anche quella gioia se n'è fuita. Ci sono le cassette dei portogalli che costan troppo e da qui a natale ce n'è ancora del tempo, ma sai che allora potrai prolungare la sibarìzia del sapore prima attendendo di pelarlo, non ratto e sbrigativo ma in forma di compiuta artisticità, spicchi di fiori, scimmiette, lunghe spirali, poi essa buccia schiacciando contro ad una fiamma accesa che scoppiettando si ravviva (c'è l'alcol, dicono) o mettendola a seccare sulla piastra dell'economica, da farci, dopo, le bucce aromatiche per le sape o per i farciti bensóni natalizi.

Ci sono anche, dal frutaròlo, panciuti vasi di vetro col tappo d'alluminio, colmi, alle volte, di rosee pasticche del nuovo cingómma, quelle che fanno i palloni, che tè, dopo aver a lungo masticato, con la punta della lingua spingi con sapiente gesto fra la chiostra dei denti, poi soffi piano piano e fuoriesce quella balina rosata che più si gonfia e più l'intensità del colore scema, fino allo scoppio finale, che a volte lascia tutto ben spiaccicato sulla ghigna, da dove, con abili diti, devi staccarla e ridurla a sottile filo che piano viene rimesso in bocca, operazione tutta da compiersi senza ingombrante presenza dei grandi attorno, che gridano allo schifo (non sono stati, loro, in fanciullezza, grandi masticatori di cingómme), anche se solo la tiri fuori da una tasca delle braghe dove, dopo lungo uso, l'avevi parsimoniosamente riposta. Ma la magia dei vasi non è finita: c'è quello colmo di carameline da una lira, di zucchero colorato, e quello con le carameline di lucrèzia e quello con lunghe nere lucide bacchette, della stessa lucrèzica sostanza, e il vaso delle caramelle Mù (tich-tach-tù), monti di tesori che neppure la grotta di Alì Baba mai aveva potuto contenere.

Ma, mentre sei lì che guardi e stupisci, improvvisamente qualcosa accade dentro di te, una specie di miracolo che da chimico diventa morale e qualcosa di più. Sarà quell'odore generale che sai però scomporre nei tanti odori presenti, nei colori dei datteri e dei fichi secchi, nelle carte trasparenti rosso dorate di minio e porporina delle melarance e dei tangerini, nel giallo a cornetta dei limoni, nel roseo brunire delle remolate melagrane che, se crepate, mostrano il loro ventre gonfio di chicchi rubescenti e traslucidi, nello scuro deciso delle nespole che ormai disconoscevi e ben conosci, nella varietà a tavolozza carnascialesca dei pomi lazzarini, ma soprattutto nel terroso e dolciastro aroma di cotto e di forno della zucca, delle patate americane, delle rubizze rape, e nelle teglie di pere e cipolle e pomi cotti. Sarà in tutto questo e in altro ancora che non sai vedere o cogliere a fondo, ma il tuo acido desossiribonuclèico si ridesta e compie il prodigio della trasformazione, della rivelazione di un'appartenenza etnica, e i tuoi antenati che prima di te avevano corso quella stessa pianura ti fanno capire la fumana e tutte le sue conseguenze e facce, te le fanno sentire roba di casa.

Già meglio comprendi (ancora micca del tutto, ve'!) quello sparire della campagna, delle strade di periferia, quell'ovatta, quell'ottundersi, quell'apparire improvviso che vedrai dei portici del centro, isole luminose alle quali approdi dopo le lunghe traversate d'avvicinamento. E, in centro, forse intendi il tuo guardare entusiasta, come davanti a tanti schermi di future televisioni, tutte le vetrine, non solo quelle un po' più buie e remote, ma a te care, delle botteghine che sai contenenti le apparizioni di soldatini e di statuine da presepio in cartapesta, di biglie e teste di burattini in terracotta, quando non i libri dalle copertine a colorate figure di Sàlgari o le rosse a fregi d'oro di Verne, ma anche quelle dei negozi d'orefice, di tessuti, di chincaglieria, di scarpe, le vetrine dei fotografi coi matrimoni, le comunioni e i sorridenti visi che guardano in su, come a cercare un'ispirazione, o un aereo. E poi i negozi di ferramenta, le Farmacie con le areclam delle Fave di Fuca e del Thermogèn, le cartolerie, gli appalti; tutte coi loro colori, e odori caratteristici, precisi, immutabili.

Ma soprattutto sei attratto (ma come? ma perché?) dalla lucente epifanica esplosione delle Grandi Salumerie, dove giganteggiano le rosee mortadelle biancheggianti di cìccioli, le pile dei grassuòli, montanari o meno, i prosciutti, i punti esclamativi dei salami, l'obesa protervia degli żamponi di fianco alla succulenta umiltà dei cotechini e all'ipocrisia chiostrale dei cappelli da prete, le forme di grana a ruote intere o a spicchi che svendono la loro granulosa saporità, col cortellino apposito lì piantato quasi in offerta, le lacrime dei Gorgonzola, le torri dei pecorini, i grappoli delle pròvole, le cascate di salsicce, i vasi dei sottolii e dei sottaceti, cipolle e peperoni verdi gialli rossi e funghi, carote e sedani, e salse, sape e mostarde, aceti balsamici e le piramidi di bottiglie di lambruschi che attendono solo di essere private a schiocco dello stompàglio per streminare d'intorno la loro forza frizzante e schiumosa e il loro profumo di viola mammola. Il tutto, in un luccicare di specchi, vetri, acciai e piastrelle che ti lascia ammirato ed estasiato, attonito.

La fumana è anche buona, se non devi correre per il mondo come un gàggio, ti protegge, una coperta che ti dice che c'è l'autunno e l'inverno, regolari, natura. Puoi ben uscire dal negozio, ora, e riguadagnare la strada di casa. La fumana lì d'intorno c'è sempre, ma l'hai capita e non ti fa più paura, come cosa tua. E come cosa tua senti di colpo anche quella Città della Mòtta che sai esistere, con la sua bianca torre puntuta, solo un poco al di là, verso nord-ovest, e come cosa tua ancora capisci quella pianura che si estende in largo e lungo un altro poco più in là, l'immensa Valle Padana.

9.

Ci saranno stati sicuramente odori, di fanciullezza sudata un bagno al sabato, andar bene, aromi dalla cucina sottostante della moglie del bidello Otello, di legna bruciata nelle stufe a cassettone. E poi di crocifisso inchiostro gesso e lavagna, libri nuovi, banchi e vernice, carte geografiche con ancora le colonie e soffiate d'inverno dagli spifferi e forse spruzzi di primavera a finestre aperte. Ma tutto è lisciato via, scomparso. La scuola son solo quelle facce lì, di una foto un po' così, quasi antica, anche se le ghigne mostrano sorrisi, alcuni con smorfie che stravolgono le fattezze, foto di fine anno tutti con le braghe corte e i calzetti a garandèlla (d'inverno uguale, ma forse più pese), home-made camicie e pulòver, la Braga Corta anche i più grandi, tenute su da cinghie di ruvido corame, eredità paterna pari, o bretelle cui regolarmente manca un bottone, e un picaglino se ne sta curvo per aria, come una virgola al contrario. Intuisci la classe sociale dalle pettinature, da com'è la riga scriminatura, da uno o due particolari che spiegano. Solo uno con le Braghe alla Żuava (ma chi è, questa Żuava con le sue braghe?), quello coi capelli all'umberta, a spazzola, via, che ogni tanto scappava di casa, micca un gàggio coi quaderni e i rubinetti e la bella copia, stava micca tanto lì lui, prendeva e scappava di casa, e la voce si spargeva rapida nel quartiere, era uno di via del Gambero, scappava di casa. Dice che non aveva il babbo, mistero se svantaggio o vantaggio, che senza babbo per diversi anni c'eravam stati un po' tutti. Però quasi quasi, tipo che naṡa che cià lui lì, non ha il babbo, gràzzie che scappa di casa, e il tuo che torna implacabile ore pasti a seminare e dispensar giustìzzia. Fascino invece, come uno di Sàlgari o di Verne, che non cià il babbo e PER FORZA deve partire, aaa c'è scritto dappertutto, i babbolesi tutti lì in fila per la fuga, che poi non solo viaggia il mondo a gratis fra mille avventure da far schermolire il sangue, anche se sempre di naṡa mai vista, ma ritorna anche dopo un certo tempo Capitano Coraggioso, o qualcosa di simile, ed ha perfino trovato un tesoro. Lì, nero su bianco.

Sì ma lui per andare dove? Uno di via del Gambero? Verso quali panorami? A dire il vero quelli che scappavano sui libbri erano inglesi o americani (francesi, ma al massimo), che poi tanto lui lo ribeccavano sempre, orizzonte Bologna. "Lo metteranno nei discoli, è un discolo!" parola inquietante e sinistra, ma allettante, discolo è un po' una tròglia ma più vasco, lui scappa da casa e io quasi non son buono d'andare in centro da solo. Discolo come uno di Santeufèmia, che c'è la gente in gaiòffa con le sbarre alle finestre a bocca di lupo, micca storie, e tè che ci passavi da téṡo avevi quasi paura ad andarci proprio di sfrìṡio, ma guardavi per cercare questa cosa tremenda di questa bocca e di questo lupo, e facevi: "Sì, sì, mmm..." ma per far contenti i Grandi che te lo dicevano quasi a bassa voce, per entrare in complice sintonia, perché vedere, bóo? Ma poi discoli niṡba, che ritornava lì in mezzo a noi, non era proprio tròglia tròglia, che una volta un maestro gli diede una gran bravata, e cosa credi di fare e non pensi alla tua mamma, e lui si mise anche a piangere, lui così più grande, a causa della guerra in mezzo a noi più piccoli. E c'è anche lui nella foto.

Le facce e i nomi, persone scomparse per il mondo, che anche una città è un mondo, mai più visti (nella Città della Mòtta? emigrati a Carpi?), quelli che venivan da verso S. Lazzaro più strazonati e quelli della zona S. Agnese, di certa eleganza. Nomi e visi, Clò, Còrnia, e quello con la faccia da canbuldò chi era?, e Palmieri figlio di contadini e comunista, e Galli "Totèlo" con quasi una vera faccia da Oromo Galla, fiero etiope guerriero, poi Nobis, Stardi e Votini, forse, ma né Garrone né Franti, nessuno col grembiule nero e il fiocco azzurro, perché era da poco finita la guerra e żiocanta grano zero, e forse sulle ghigne a sberleffo per l'occasione o composte nello smile la malinconia infinita di aver perso per strada qualcosa, per sempre, la vera infanzia, coi piccoli enormi impegni della SCUOLA, finiti gli scherzi, tum, nella vita e s'ciao, che tutto da lì in avanti sarebbe stato tabeline e problemi a imparar a memoria e star seduti nei banchi e chiedere d'uscire quando ti lasciavano, che la Piccini-Bisi non voleva e i più incontinenti lasciavano sotto al banco patetiche tracce ruscellanti, uno una volta anche alla lavagna, e si prese una rigata in testa che ancora le punizioni corporali eran di gran moda e la scuola un qualcosa che incombeva di brutta. "Fuori le mani!" urlava la Piccini-Bisi, una vecchia, ma vecchia che forse avrà avuto anche cinquaant'anni, e tè le dovevi metter lì sul banco e pam!, giù legnate, sul palmo o sul dorso a seconda della gravità del reato.

E forse la scuola si era anche desiderata, attraverso certi libbri, ma certi libbri ti fregano, impara. Prendi mò Ludovico Antonio Muratori (ma era poi lui?), che han letto da qualche parte e ti raccontano, per prepararti moralmente, tè che neghitti un poco, non capisci ancora quel gràan fascino che ci sarà a andar là tutte le sante mattine. 'Sto Muratori, che poi è diventato uno importante che cian fatto anche una via, uno studioso, era uno così povero che non poteva neanche andare a scuola, perché i suoi ciavévan 'na miseria che s'ciflava l'aria, micca come tè che tè bambino mio la miseria non sai neanche cosa sia, che io con sette fratelli andavo a rubare il pane a mia madre, che lui non ciavéva neanche i soldi per i quaderni, i libbri, come quelli del patronato scolastico nel boletóne dei poveri, che è anche un'umiliazione; 'nsomma gnénte, e lui che invece aveva voglia d'istruirsi, perché aveva una gran volontà, perché la volontà è tutto nella vita, imparerai, alora lui andava di nascosto sotto le finestre della scuola, ad ascoltare a sbafo quel che il maestro diceva, che un giorno se ne è acorto, che c'era quel bimbo lì fuori che stava a ascoltare, al freddo, che quasi gelava, alora l'ha fatto entrar dentro e gli ha detto: "Tè da oggi stai qui in classe, a gratis, a ascoltare tutte le lezioni che vuoi!" e l'ha portato a esempio agli altri bambini, che magari erano figli di ricchi ma non avevano voglia di far béne! E lui è diventato poi, da grande, Ludovico Antonio Muratori!

Uno che da grande è diventato uno con un nome così non può che spingere ad una sana emulazione. Presi e convinti da quel nobile esempio, ci si recò sotto la prima finestra della vicina scuola, anzitempo, a fingere di ascoltare sperando nel colpo di scena. È che magari L.A.M. c'era stato dei mesi, prima che lo becàssero, che forse non voleva micca neanche, ma tè pensavi che dati i tempi più moderni in una mattina te la saresti cavata; preso, un po' di lodi, e via. È che quella mattina il maestro doveva essere particolarmente distratto, e bisognava far capolino continuamente come un misirizzi impazzito, un deus ex dall'imo. Gli scolari invece, desiderosi di accidenti distraevoli e pronti a captare anche il ronzio delle mosche (era tarda primavera, non si voleva arrischiare un assideramento giudicato inutile alla buona fine del tutto) cominciarono a rumoreggiare e a sbertucciare lo storico in erba che fu finalmente visto dal pedagogo. Ma vieni dentro a ascoltare gratis i maróni, che invece fu a lungo rimbrottato come disturbatore e monello, altro che poi diventare da grande!

Ma bastava aspettare poco e di scuola se ne avrebbe avuto a basta anche subito. I banchi eran monumenti equestri, di legno verniciato in nero e marron, i piani da scrittura percorsi dalle millanta rughe di passate generazioni, valli, fossati, Grandi Canions, arature e trincee. Nomi, cognomi, frasi lapidarie, sentenze, brevi poesie, oscenità fatte subito proprie con cura. La rigidezza di schienali e sedili invitava a muovere continuamente quei giovani corpi in continuo strusciare di culi e gomiti, rendendo braghe e maglie belle lucide, ma soprattutto il legno polito e levigato, quasi ogni mattina passassero finiti artigiani marangóni a così renderlo. Ci avvilirono con aste e tabelline, eravamo lì per imparare a leggere, scrivere e far di conto. Le prime due si sapeva già, per conto nostro, ci si riusciva, anche se scrive ancora con le lettere tutte staccate, signora, e è così disordinato, questo bimbo. Era far di conto che dava di cozzo contro al muro di ogni umana possibilità, mistero senza nome delle unità, delle decine, delle centinaia. E se ammettiamo che tre per tre è facile di suo, lo sanno tutti che fa nove, otto per otto fa quarantotto, come rima vorrebbe, o cinquantasei? E se dodici diviso tre fa quattro pari e non ci son pensieri, e ti senti a tuo agio, ti sbattono subito in faccia un quattordici con l'avanzo di due che lo porti. Dove? In dove me lo metto? E quando arrivano i decimali, con la virgola, a giunta?! Ma quando vado dal frutaròlo non c'è micca, la virgola! A cosa serve? E il miriàmetro e il millìlitro, di cui pare la vita sia piena? Micca balle, dovevi pròpio sfoderare tutto il tuo capisci possibile.

E tacca pure coi pensierini, considerazioni spesso stagionali in cui solitamente si fingeva, d'inverno, di soffrire terribilmente al pensiero di poveretti e ucelini alle prese con una assidua ricerca di un focolare e di un tozzo di pane, sotto nevicate bibliche di solito attorno al Natale, ovviamente Santo, quando tutti son lì che festeggiano e nesuno ci pensa, a quelli che soffrono, mentre sta al calduccio (mai il caldo; il calduccio, anche se non si sapeva bene dove fosse la differenza termica, evocava immantinente tepidi nidi domestici di trepide madri e padri che tornavano lieti dal modesto ma onesto lavor, paga striminzita ma sicura e poche balle). Di primavera invece ci si rallegrava, non tanto per il poter finalmente attuare tutte le turpidudini possibili nella sfrenatezza del gioco finalmente riconquistato dopo il letargo, se si esclude l'eventuale gavazzare fino allo spólto in mezzo ad occasionale nevicata, ma per i medesimi ucelini e poveretti che, se riusciti a cavarsela, avevano finalmente tepore di sole e bocconi di pane a iosa, come se i bocconi di pane fossero miracolosamente spuntati sugli alberi assieme alle foglie novelle.

Si scoprì però che anche la scuola, oltre la sua parte più direttamente triste, poteva esser in certo modo fonte di interessanti curiosità. Prendiamo i calamai, ad esempio; di grosso vetro, ed inseriti nei banchi, vivevano di una vita propria inquietante e particolare: venivano pur lavati, anche se non spesso, e riempiti di inchiostro extravergine, e alla superficie galleggiava un tranquillo mare di liquido nero dai riflessi metallici (solo i Maestri godevano dell'invidiato diritto di usare anche l'inchiostro rosso), atto ad aspettare e accettare serenamente il tuffo del pennino. Questo, dai nomi fantasiosi provenienti forse da lontane culture, la torre, il gobino, la manina, venivano, se nuovi, sapientemente umettati con le labbra, poi infilati nella canetta che doveva di regola essere smangiucchiata all'estremità, indi solo potevano essere intinti per lasciare sul foglio vergine righe sottili ed ordinate di Bella Calligrafia o di numeri sapientemente incolonnati.

Ma tutto ciò nei sogni, anche perché ci si accorse ben presto che sotto quei primi millimetri di apparente maccàia si nascondevano maelstrom paurosi, improvvisi e terribili, scafi di vascelli affondati, cadaveri di antichi marinai e strabilianti creature che nulla avevano di terreno e che nascevano lì, in quelle pozze apparenti ma sicuramente senza fondo, dove negli abissi più sconcertanti, questi mostri si autogeneravano producendosi dalla stoffa stessa con cui gli incubi sono intessuti. Tutto questo indicibile groviglio aveva un nome normale e banalizzante, mòrchia, ma se l'incauto osava (Si doveva! fatti non fummo a viver come bruti!) affondare il pennino solo di poco sotto il primo velo, lo si ritraeva sicuramente grondante grovigli di erbe palustri, sterpaglie, sargassi e mordaci esseri che si lanciavano voraci su ogni cosa chiara nel raggio di miglia per insozzarla e divorarla. Si cominciò a pensare che la macchia, già ormai studiata per categorie di forma, grandezza e qualità, fosse una maledizione atavica.

Questo l'aspetto tragico, perché ci si addò che quelle forme terrorizzanti potevano avere altri allegri usi, infilandole nelle tasche altrui, dentro la cartella rigida di fibra che si teneva sotto al banco, o lasciandola cadere fra collo e camicia. Dipendeva solo dalla fantasia. E ci si avvide anche che il gessetto, abimente cucato ed intinto, si trasformava, miracolo della chimica, in uno speciale gessetto che scriveva blu, da riempire di poi muri e muri di W e M, di sottili considerazioni mondane del tipo "Fippi puzza", o sociologiche, "i gamberini sono lòfi", o disegnando su una mano simboli osceni per poi lasciarli impressi su una giacca altrui nella finta di un'amichevole pacca.

Ci si poteva anche dare al bel tempo, insomma. Non fu difficile capire che quella cartella, così tenace ma maneggevole, non era stata creata solo per contenere quaderni susidiario libro di letura e astuccio, perché, se presa per la cinghia della tracolla e fatta vorticare rapidamente in aria si trasformava in una perfetta boleadora che, in mancanza dolorosa ma evidente di avestruzes o nandù, poteva però essere lanciata gioiosamente contro un compagno che magari te l'aveva appena immorchiata tutta. E lo stufióne? Chi fu che introdusse lo stufióne? Forse chi aveva avuto qualche esperienza collettiva d'asilo, o forse esso è connaturato con lo spirito scolastico stesso. Arma semplice ma di rara efficacia, la si usava per dare ogni tanto un guizzo di barròco improvviso all'atmosfera solitamente claustrale. Partivano raffiche di stufionate da lasciare stesi e l'arte fu portata avanti nel tempo e perfezionata attraverso tutte le tre medie per giungere alle superiori ormai grandi maestri di tiro, con capacità non dico di s'centrare una mosca al volo ma di farle uno sfrìsio sicuramente, per non dire del padiglione auricolare di un compagno qualsiasi a buona distanza.

Ma anche i maestri in persona ci davano dei colpi. Dalla primitiva biennale Bìsi si passò ben presto ad altra fauna, uno all'anno, maestri dal candido crine col distintivo della guerra, l'altra, dignitosi e imponenti come solo i maestri d'una volta, ognuno con le sue manie che ruffianosamente si cercava di assecondare. Bella lasciava la macchina fotografica aperta tutta la notte per fotografare le stelle e farci vedere che si muovevano sì, non le vedete? e noi sì, son quelle righine bianche lì? che quando aveva detto oggi vi faccio vedere le stelle ti aspetavi rutilanti comete multicolori, esplosioni cromatiche da technicòlor, Big Bang a piovere, supernove a sbalordirci, micca delle righine bianche in campo nero, e i più rufiani: "Che spettacolo maraviglioso, Signor Maestro!". E lui con la bocca che gli andava da una parte all'altra della ghigna: "Ricordatevi che il moto è solo apparente, che è la Terra che gira, siamo noi che giriamo!". E noi: "Mó ve'!". Come se avessimo mai avuto dei dubbi su quel fatto lì. O no?

Uno ci s'ciancò in due col magnetismo e l'eletricità, rispondendo al solito gàggio, che c'era sempre quello che faceva le domande furbe che se le era preparate a casa, ma Signor Maestro, perché si gira l'interutore e c'è la luce? Prima arivò fuori con uno di Bologna che cià anche una piazza (ma finiscon tutti nelle strade o nelle piazze loro lì?) che uno in classe l'aveva anche vista, piazza Galvani, che aveva inventato che le rane erano elettriche. Come elettriche? Le rane? T' tira al cul? Trembla forse un dente? Ne ho becate su, io, di rane, mai presa la scossa, cosa dice? Poi afferrò una canetta di bachelite che, soffregata su lana, tirava su dei pezetti di carta, sempre con l'eletricità, e pasammo giorni a soffregare il soffregabile, e a tirar su di tutto, capelli sparsi e gatti della polvere compresi, poi vai con la calamita che una parte è positiva e l'altra negativa, il polo, ma non come nord e sud, che insomma tirava su il ferro, anche la limatura che dai a cercar limatura, che non è micca lì subito, devi scovare una lima da ferro e limare un po' della ciclo di tuo babbo, che poi messa su un foglio e sotto la calamita si drizza tutta e la fai girare, magìa, e tutto il ferro poteva diventar calamita, e a casa fa mia mamma dice ma com'è che le forbici sono calamitate? E anche i coltelli vecchi in cucina?

Ma il massimo fu un giovane supplente che esordì mostrandoci un orologio da tasca che affermò essere appartenuto a Garibaldi, e tutti in processione andammo a vedere da vicino, a toccarlo, come quando, in fila nella cripta del Duomo, ci si recava con gran gioia (era a gratis) a baciare il braccio d'argento di San Geminiano, con dentro la relìqquia, con uno che lo teneva su e un altro che con un veloce fazzolettino lo nettava prima che fosse passato al successivo baciatore, perché lì a baciare c'era di tutto, che non è micca igiene, per fortuna siam robusti, diceva mia madre, che insomma il Santo non dovrebbe far degli sgóbi e poi quel che non amazza ingrassa, ma quando ero giovane io partivano delle famiglie intere, con la tisi, che noi fortunatamente non c'è tocata e neanche la spagnola, ch'era una febbre come l'influenza però si moriva, aaa potrebbe tornare anche adesso, perché no, ce n'è di mali a questo mondo, e noi gnénte non so ancora come, solo io il vaiolo benigno che me la sono sgabelata e ho avuto l'onore di inaugurare l'Ospedale di Carpi, ma eravam di razza buona, sana, che è importante per quando ti sposerai, saper chi prendi.

Non era facile scorgere la garibaldità della prodigiosa macchina, con Anita che gli fa dice: "Che ore sono Giuseppe?" e lui "Le cinque e un quarto," non c'era nemmeno un carillone a suonare con la camicia rossa o si scopron le tombe, dovemmo credere sulla parola. Cominciarono però a sorgere dubbi quando il suplente si mise a fare dei giochi di prestigio, passava fra i banchi a spiegare (cosa poi? Garibaldi o incredibile ma vero?) e tirava fuori delle monete dall'orecchio di uno o delle caramelle dal naso di un altro. Che poi se le mangiava lui, che non è neanche igiene. Come faceva uno così a aver davvero l'orologio dell'Eroe? Crollò poi definitivamente quando, una sera, fui improvvisamente portato al circolo postelegrafonici dopolavoro, quello col bar dove gli altri mas'cini consumavano e mè gnénte, non hai micca sete e se hai sete chiedi un bichier d'acqua, e davano anche per la Befana la befana postelegrafonica che vuol dire delle poste e telegrafi, coi buratini per giunta i primi anni, Sandrone e Sgorghìguelo e la Pulònia, e poi i cartoni animati. C'era invece quella sera lì uno spettacolo di arte varia, che anche se il nome era un po' lòfi e ti aspettavi delle smaronate bestiali, pur di uscir di casa a veder qualcosa eri piacevolmente eccitato. E infatti ci fu un vero prestigiatore che ipnotizava, e uno che diceva delle cose che facevan ridere tutti (perché poi?), e una che cantò e fine della prima parte. Poi seconda parte fu annunciata la filodrammatica, che già dal nome sospettavi giù peso che fosse una cosa tipo le bimbe sordomute che facevano il Presepio Vivente sotto Natale, con tutta la storia di Gesù due volte al pomeriggio, che per andarci bisognava fare delle file bestiali fuori gli uni dentro gli altri, con le mamme e nonne e zie che in stormire di fazzoletti dicevano singhiozavano: "Come son brave quele bimbe, pensare che sono sordomute!", con delle barbe di cotone che tè invece ti incantavi lì, sperando magari che qualcuna si stacasse, e ti dicevano: "Ti piace a tè?" e tè: "Vasco, tògo..." laconico, per non sbilanciarti; ecco, è sempre scontento, non gli piace mai niente. Ma portatemi a vedere un film di caubòi e vedrai se mi piace, micca le bimbe sordomute con le barbe di cotone. Come quando il trentun genaio san geminiano ti portavano in piazza per la tombola, quella per i bimbi orfanelli i patronatini, che a l'una eri già là con delle sibèrie mai viste, per ore, e la tombola almeno quella mai vinta, che stavo per un numero. Mai. E lì era quasi una roba del genere che si chiamava sei personaggi in cerca d'autore. Ma cosa vuol dire? Non si capiva micca bene, che c'era degli attori che era lì che recitavano e ne cercavan degli altri per recitare, 'nsomma un gràan bàito, e non c'era in mezzo il maestro suplente che litigava con una che era una figliastra? Va be' non figlia, ma incagnata nera così? Tutta vestita da scarciana che diceva: "Creda che siamo veramente sei personaggi, signore, interessantissimi! Quantunque sperduti". E il maestro suplente dandole uno ṡburlóne: "Sì, sperduti, va bene!". Be'? Uno che è il maestro e cià l'orologio di Garibaldi far di quele robe lì?

Ma anche il suplente se ne andò, come quasi tutto. Quando si arrivò alla quinta, che c'era l'esame, alcuni avrebbero chiuso lì e s'ciao, per il mondo, ma gli altri che sapevano di continuare vivevano nel terrore non solo di quello ma dell'esame d'ammissione, angosciosa grata selezionante che andava ad interrompere il consueto pacifico ritmo fine scuola-a culo-vacanze. Sarò preparato? Renato è senz'altro più preparato, dicevano i miei, perché pare avesse una maestra più tògo, che gli faceva delle naṡe mai viste, forse incagnata per suoi misteriosi motivi perché raccontavano che s'era sposata poi era tornata dal viaggio di nozze e s'era separata subito, dicevan che aveva scoperto che non era adatta per quei lavori lì; quali lavori lì?, comunque forse per questo busava giù duro, i miei ragazzi non han bisogno di ripetizioni!, e una maestra così vale molto di più nell'ordine pedagogico, tipo che Renato aveva imparato a memoria anche Piemonte, la portate voi? Un'invìddia bestiale, teorica perché poi era difficile da matti, imparala mò sulle dentate e scintillanti vette balza il camoscio, tuona la valanga! Tè dov'eri rimasto, al pio bove, alla pioggerellina di marzo o (vergogna) a riobò?

Comunque a ripetizione ci andavamo tutti, chilometri a piedi e ore pomeridiane ormai sacrificate e interdette ai giochi, sembrava per sempre. Si cresceva, e c'era quel terribile Esame d'Ammissione. "C'è chi l'ha dato anche tre volte!" mormorava la folla incoraggiante. Che fu infatti una prova durissima, in mezzo a gente mai vista, con dei maestri che non eran più maestri ma Profesori, tutto un altro genere, e già dentro all'antro della scuola nuova, odori diversi e altri panorami. Aspettando per l'orale si guardava giù, nell'antico cortile da oratorio di una parrocchia dove, fra le vampe dei primi caldi, un nugolo di sconosciuti ma-s'cini evidentemente sciolti da impegni scolastici si scatenava ululando di libertà e tirando ghéghe a una cinza, fra la polvere che saliva. Guardavi e avevi la sensazione che, anche se tutto fosse andato poi bene, lì dentro ci avresti trascorso prigione i futuri tre lunghi anni della tua vita.

Passò anche quello, e dopo mesi di allegra nonscialanza, il primo giorno in cui ci si avviò per il nuovo percorso verso la città, non più la cartella di fibra ma quella di cuoio col manico, studiando la lunga strada in direzione della scuola nuova, tutta via Monte Sabotino, il Parco con gli alberi giovani e le panchine ancora senza i legni, ricordo di bellici riscaldamenti di fortuna, e lì tagliavi lasciando sul fondo il Monumento ai Caduti colmo di Vittorie alte e poppute, Affrante Madri con figli morenti in grembo e giganteschi soldati prima guerra in fiera ed eterna vigile scolta, per attraversare un viale ed arrivare a quella strana antica colonna, dove c'era la Nuova Scuola Media, alla partenza, appena voltato l'angolo di casa, credo ci si voltò a guardare quella vecchia con un certo superiore rimpianto, decisamente adulto fatto, senza capire che a voltarsi indietro si rimpiange sempre, come per un paradiso perduto mai vissuto che si ha sempre l'illusione di esserci lasciati in qualche modo alle spalle. O quasi.

10.

Madre Carmelina, dopo la dottrina, ci porta in chiesa a pregare, perché fra poco ci saranno le elezioni e dobbiamo pregare bén amòdo perché vincano i buoni e perdano i cativi. Solo i più gàggio hanno qualche dubbio e pensano agli indiani o a chi, noi più vasco lo sappiamo bene chi sono i buoni e i cativi, anche se Madre Carmelina non lo dice micca chiaro, ma forse non può dirlo. La Signorina Gianna invece l'ha detto una domenica, a l'Oratorio, che facevamo i gàggio per farla arabiare, come avevamo imparato dai più grandi a far montar su la Signora Giovanna quella che sta in casa mia, che è compagna arabiata dicono i Grandi Grandi, e amazerebbe tutti i preti e le suore e il papa e i santi meno Santa Rita da Cascia, quella che c'è nella Chiesa del Cantone, la santa degli inposìbili, che sono quelli che hanno bisogno di miracoli bestiali, perché Santa Rita è l'unica santa vera e miracolosa, dice lei, e quelle tròglie dei più grandi van su per le sue scale a urlare: "Eviva il Duce!" che non gliene frega micca gnénte, a loro, del Duce, solo per farla montar su, e lei salta fuori che sembra unta e urla come un'aquila; ma così, per fare. Alora noi cominciammo a cantare, con la Signorina Gianna, "Bandiera rossa la trionferà!" ma fu lei che diventò tutta rossa davero, in quella sua faccia grassa con gli ochiali a culo di bichiere, e cercava di urlare più forte di noi "Sui cessi pubblici della città!" che via, una Delegata delle Fiamme dell'Azione Cattolica dir quele robe lì, ma era democristiana, lei. Infatti noi lo sapiamo che i buoni sono i democristiani e i cativi i comunisti, detti anche compagni; gli altri non contano, forse non ci sono neanche, o pure ci sono, per esserci, ma non si sa micca bene cosa siano, quelli della fiamma (no le Fiamme Tricolori dell'Azione Cattolica), o quelli dell'Uomo Qualunque, che è un giornale che compra anche mio babbo, che c'è uno schiacciato da un torchio con tutti i soldi che gli spriccano da le tasche, che il disegno è anche bello in sé ma poi se lo leggi non ci capisci niente, è più bello Candido con don Camillo e tutte le barzelette figurate, che quela volta che venne il dotore, che ciavévi il morbillo, si misero lì, lui e tuo padre, sul letto, a raccontarsi don Camillo e Pepone, "Si ricorda quela volta...?", "e quela volta che dice, a l' fa..." e a tè non ti guardò neanche, il dotore, che era piegato in due sul TUO letto con le lacrime agli occhi dal ridere, col fatto che i compagni ciàn tre buchi nel naso, e tè lì col tuo morbillo a guardarli ridere.

Son mó belle, le elezioni. La città si è riempita di manifesti da per tutto, di scritte fatte su tutti i muri, con le righe del colore che colano fino a terra. Questa cosa dello scrivere sui muri è una novità: prima c'era qualcosa, tipo W, M (che voglion dire viva e abasso), Voliamo pane e lavoro, e il misterioso: "Noi vogliamo l'epurazione", ma era rimasta quasi una cosa a sé, un momento creativo finito lì. Ora invece vanno via più convinti: dapertutto han fatto col catrame la faccia di Garibaldi del Fronte Popolare, che poi vanno in campagna a dire alle vechine che è San Giuseppe, che a regola dovrebbe avere la barba anche lui, perché son fatti così, i compagni, fan degli sgóbi, e quegli altri hanno fatto un manifestino che da una parte c'è su la faccia di Garibaldi, ma se lo giri ci vedi Stalin, che è il capo dei russi e dei compagni, che lo chiamano anche Bafone, per via dei baffi che cià, che è poi lui, Stalin, che nel segreto della cabina elettorale non ti vede Dio sì. Che se vince Stalin, succede come in Russia, che ammazzano tutti i preti (come dice la signora Giovanna, impicarli, con le budelle dell'ultimo re) anche se ce n'è uno di preti qui da noi che si chiama Cìppico che ha rubato dei soldi e a quello lì magari ci vorrebbe, ma per uno che sbaglia dicono i Grandi, che poi l'han tirata fuori quella storia lì solo per propaganda che forse non è vero gnénte. Il capo dei democristiani si chiama invece Degàsperi, che dicono che non è italiano che è crucco, che non è una bella cosa che noi abiam fatto pròpio la guerra contro gli austriaci e i tedeschi, e l'abiam vinta. No, dice quest'ultima no. Ma non stavamo con gli americani? Comunque c'è scritto, sui muri, come nella canzone: "Va fuori d'italia va fuori stranier" con Garibaldi che gli dà un calcio nel culo. Be' va be' no coi crucchi ma intanto

Stalin è russo. E alora? Alora vuol dire che Degàsperi sta con gli americani che ci mandan la farina e le coperte UNRA che io non le ho mai viste ma ce le mandano, e i russi ci mandano un cazzo che ti amazza. Dicono anche che i compagni son quelli de l'amore libero, che per esempio è come se tu non avessi tuo babbo e tua mamma proprio veri i tuoi di tuo come ciài, ma fan tutto in un'amucchia che non è micca facile da spiegare ma insomma è così, e se alla domenica vai a spiare da le fesure delle porte del Florida quando ballano, li vedi che spengon le luci e chi prende prende, che certe cose dovrebbero proibirle perché poi dove andiamo a finire? E allora c'è anche una matita a due punte, ma dalla parte dove c'è scritto Vota DC c'è la punta vera che scrive, ma dall'altra Vota Fronte Popolare c'è la punta di gomma, che se provi a scrivere si piega e non scrive. Son così le elezioni.

È bello averle tutte queste cose e i manifestini che danno; ogni tanto passa anche un aparecchio, e quella domenica mattina che a tuo padre era venuta voglia di un mazzo di cipolotti da mangiare col lesso, che coi cipolotti è più buono, fato volle che mentre tornavi dal frutaròlo col tuo mazzo in mano passasse quel aparecchio che ci correvano già dietro tutti i mas'cini della strada che fu anche un bàito catarli su tutti quelli che potevi coi cipolotti in mano ma ne tirasti su un bel po' lo stesso e dopo a casa contento. Quando fai le cose di gusto il tempo però vola e non ti eri accorto che nel frattempo tuo padre avrebbe avuto modo di mangiare tutto il lesso di tutte le Lesserie Riunite d'Italia, senza cipolotti, e prendesti anche la tua unta, perché a lottare per le terre con una mano sola per prendere dei manifestini che altri vorrebbero carpire si ha la tendenza a tirar su la ṡmalta col vestito buono della domenica, che come tiran su la ṡmalta quei vestiti lì non c'è altro.

Io tengo per i democristiani, che pare che per loro come si è detto tengono anche gli americani in persona, e questo è già la sua bella garanzia, ma c'è poco gusto perché anche tutti gli altri mas'cini di via Cuchiari lo sono, per i democristiani; c'è solo uno a scuola che si chiama Palmieri che è comunista, ma i suoi fanno i contadini che hanno la tendenza a essere comunisti, perché poi dicono che se vincon loro Stalin prende tutta la terra ai padroni e la dà a loro, poi la fa lavorare a quelli che prima eran padroni e i contadini diventan padroni loro. Che se uno ci pensa un po' su non si capisce micca tanto bene 'sta storia, perché allora poi quando ci sono le altre elezioni si scaravolta tutto e è tutto un gran mulingażino di contadini-padroni-contadini. No, dice di no, perché se vincon loro poi le elezioni non le fanno più, come quando uno dice "mortis!" e tutto si deve fermare in istantanea rigorosa immobilità; ma senza più la speranza di dire "vivis!". Ma alora così non è micca giusto!

Ecco perché, finita la dottrina, l'allegro scalpitante corteo va a pregare, Madre Carmelina in testa. È come una vacanza, non siamo, anche se incolonnati e inquadrati, come i bimbi orfanelli de l'asilo nei loro grembiulini a quadretti azurri o rosa (le femmine) quando accompagnano i funerali, che li vedi che son lì a divertirsi il giusto, con nasi moccoloni anche di primavera e diti, negli inverni, rossi di gelo. Ma ora è proprio primavera e volano per l'aria neve di pioppe e voci di ragazzi più grandi che con improvvisate cinze giocano a fùdbal nel vasto cortile dell'Oratorio o nel grande piazzale di fronte, dove di solito si andava, con la scuola, a piantare l'alberino il giorno della Festa degli Alberi ma vacca se se n'è mai tenuto uno.

Preghiam poi per dire, perché le nostre abbondanti razioni di teologia le abiam già recepite, e forse non fa bene esagerare, e la primavera filtra anche dalle vetrate colorate in giallo, rosso, azzurro e viola e ci spinge lontano, come quando siamo a far dottrina nell'aula più solatia, e le finestre lasciano passare la luce che si colora di polvere danzante e lo zinzilulare acuto delle rondini. Ogni tanto viene Monsignore, che è il capo di tutto lì dentro, di don Ivo il capelano e anche delle suore forse, tipo Tulame capo dei mas'cini più grandi cioè degli indù, ed è vecchio ma tanto che d'inverno ha ancora il tabarro e non il paltò, e gli occhiali che quasi non ci vede micca, e sicuramente non ha un cognome e un nome vero e proprio come tutti noi mortali comuni, lui si chiama Monsignore e basta, e viene a farci le interogazioni per vedere se sappiamo bene la Dottrina che è la cosa più importante da sapere, per fare la Comunione, la Dottrina, che dopo diventi un Soldato di Cristo, o è la Cresima, ma insomma è importante perché se muori puoi andare in Paradiso, che prima dovevi fare un'anticamera bestiale tipo Limbo dei bimbi non batezati che muoiono e van nel Limbo, che non è pròpio come andare a l'Inferno ma non è uno sguazzo nemmeno lì, vuoi mettere col Paradiso?

E alora è importante che la sapiamo bene, la dotrina, e ogni tanto Monsignore ariva, ci guarda bén amòdo, s'informa: "Ma la stùddiano Madre la dotrina 'sti monèlo?" "Certo Monsignore, sono proprio tutti bravi, sa!" "Ma pròpio pròpio? Adesso vediamo!" e gli occhi vanno sul vecchio prete lasciando quella bacheca miracolosa (ci fan l'asilo nelle altre ore) dove c'è una specie di Zoo in terracotta, la giraffa gialla marron e l'ippopotamo e l'elefante, quasi più tògo dei soldatini di Marco col lanciafiamme, e il prete dice, a l' fa: "Chi ci ha creati?". Pronti, ecco la molla del coro bianco nella risposta totale ed entusiasta: "Cià creati Dio!". Fin lì non era micca dificile, ma Monsignore qui si fermava e voleva scendere nel vivo della questione Teologica. Guardava da sopra gli occhiali tutti noi mas'cini e poi di botta: "Ma chi él Dio?". Domanda difficile e spiazzante perché sul libbro del catechismo non c'era micca scritto in dialetto, ci doveva essere uno sgóbo, sotto, e lì ammutolivamo. Insisteva Monsignore: "Él un furnèr?", è forse Egli un fornaio? No, l'idea ci muoveva alle risa e negavamo l'ipotesi con tutti noi stessi, dandoci amichevoli pacche nelle costole e rotolandoci sulle panche in preda a irrefrenabile ilarità, chi poteva solo averlo pensato, Monsignore ci provava in amicizia e facezia, la sapevam lunga noi. Ma di nuovo ecco Monsignore con altra questione: "Él un muradòr?" e no, neanche quello, nemmanco muratore, che discorsi, ma dove voleva arrivare? "Allora, chi è, Dio?"

Qui l'imbeccata era giusta, e si partiva a randa e all'unisono: "Dio è lèssere perfetìssimo Creatore e Signore del Cielo e della Terra!". Ci voleva tanto per arrivare fin lì? Fin lì la sapevamo bene, le prime sono sempre più facili perché parti entusiasta della novità e non ti becca nessuno, sarebbe dopo il bàito, sarebbe.

Ma negli anni a venire pensai che doveva esserci una sua profonda ragione mistica nell'apparente leggerezza dell'impostazione dogmatica. Il fornaio FA il pane, il muratore FA la casa, Dio no, non si fa micca compatire Lui a cercare della farina o della malta o del sale o delle mezze préde o intere che siano; Dio crea, senza tante balle, ecco la differenza.

Non capivamo, non capimmo, più attirati forse, poveri mortali non ancora in stato di recuperata grazia, dalle sottili questioni di fede, mistica e casistica, che saltavan fuori con madre Carmelina. "Dov'è, dove sta, Dio?" "Él ind i prèe d'Curtil?" avrebbe detto probabilmente Monsignore. No: "È in cielo, in terra e in ogni luogo". Ora, che il cielo sia abbastanza vasto da contenerlo, fuori da ogni dubbio, ed anche la terra non scherza gnénte, a grandezza. È "in ogni luogo" che frega, e se un mas'cino saltava su a dire: "Ma madre, anche in questo banco?" "In quel banco, certo, in ogni luogo è dappertutto!" ci sentivamo subito in dovere d'inventare immediatamente le località più impervie e strampalate dove Dio era sicuramente (è in ogni luogo!), ma che ci piaceva sentir confermare. Son convinto, che è anche nella cabina elettorale (perché poi cabina? Non è micca una cabina, sembra un baracotto!). I più lòfi parlavan di scarpe, o di vestiti (e c'è anche lì), i più poetici di un fiore o delle ali d'un ucelino (e lì vuoi che non ci sia?), i più tròglie saltavan fuori con la cinza da fùdbal, col sigaro di Monsignore, pensando intensamente con sottile malizia non certo a l'ucelino ma alle sue cacche, per non dire di altre parti segrete e innominabili, specie se del corpo umano maschile e femminile, domande che giustamente ci ponevamo ma che nessuno ebbe mai il coraggio di appalesare. Ma è Fede anche quella.

Chi fu l'astuto che tirò fuori la storia della punta di uno spillo? Certo che era anche lì, vuoi mò dire? Insomma l'avevam capito che c'era e basta, sperando che questo fatto dell'esserci non gli togliesse tempo né gli creasse un gran pensiero, perché doveva essere 'na bella fatica, per non parlare di maróni, żam żam sempre di qua e di là, na sedia, pronti ci sono, le ali de l'ucelino, eccomi, la punta dello spillo, son qui aposta. No, la punta dello spillo fu più tògo per il fatto che ci potevano stare anche un milione di angeli tutti asieme, come saltò su a dire madre Carmelina un giorno. Questo era già meglio dell'in ogni luogo, vuoi mettere. Non è che ci stiano sempre, sulla punta, che non si capirebbe neanche cosa potrebbero stare a farci, lì in cima, e poi ciànno anche loro i loro impegni, tipo Angelo Custode. No. Se Dio vuole, ci stanno! Vacca, dev'essere pròpio tògo esser Dio, che fa tutto quel che vuole. Ma alora scusa, se può far tutto, perché non fa vincer le elezioni a quelli che tengon per Lui, senza che si debba andare a pregare dopo la dotrina? Ó, si vede che gli piace così, si fa pregare appunto, come la tua mamma che delle volte devi in mille modi molcerla, prima di ottenere qualcosa.

Ma la storia degli angeli non finiva micca lì. Anzitutto ce n'è un casino: Angeli, Arcangeli, Principati, Potestà, Virtù, Dominazioni, Troni, Cherubini e Serafini. Ci saran dei gradi, come nei militari; alcuni ciàn tutto più o meno come tè (tutto tutto poi non si sa) e delle gran ali, ed altri sol la testa, da bimbo, e delle aline che fan scapar da ridere. Ma poi, che diferenza c'è, metti, fra una Potestà (o un?), e un/una Virtù? Ma le Virtù non son quel'altra roba là, Teologali e Cardinali? E non ci sono anche i numeri, cardinali? E i cardinali cardinali? Va là che è un bel bàito, anche perché sugli Angeli madre Carmelina slitta un po' in curva, e non la sa tanto lunga. Non parla naturalmente del loro sesso (dove sei ita ora, lassù fra loro, piccola educatrice religiosa sulla fine degli anni quaranta? Pia e probabilmente ignorante, impavida ed incrollabile di fronte a quel branco più ignorante di te), ma anche sulla questione ali non ali gradi non gradi scivola via alla grande. "È un mistero della Fede!", fa, e un giorno: "Madre Speranza, morta ieri e per la quale oggi pregheremo, queste cose le sa già tutte". Vacca d'un cane, che culo cià madre Speranza, e noi lì come dei gàggio a non sapere, non conoscere.

Certo è già più facile andar via su certi altri angeli. La mamma, per esempio: ella è, tutto corto, l'angelo del focolare, questo lo dicono anche a scuola. È che il focolare non si sa bene cosa sia, in cità. La fuoca domestica si è tramutata in fornétto a gas. Su c'è qualcosa di simile, ma più che focolare è una fogolarina e poi non ci son mamme, ci sarebbero prozie e volendo una nonna che essendo tale mamma chiaramente non è. Al massimo la mamma è l'angelo della stufa economica, ma la cosa banalizza un po' il tutto. C'è poi il noto Angelo Custode, che è una specie di maronaio, perché dovrebbe star lì a proteggerti da mane a sera, e invece fai continuamente dei voli da tutti i cantoni, dalla ciclo, dai muri, dai cancelli, ṡbraghi braghe e ṡbragabile, s'cianchi te stesso e vestimenta, Angelo Belàngelo vieni qui da mè i maróni, dov'eri andato a finire, gàggio, pròpio mentre mi ṡburlavo, perso completamente il controlo del mezzo meccanico-ciclo, contro a una siepe s'centrata in pieno?! Che era anche colma di spunciòtti, era.

È che pare sia impegnato solo in altre cose, nel senso che è lì unicamente a guardare se ti tocchi, e se ti tocchi piange. Ma se mi tocco in dove? E solo se mi tocco tocco o cosa? Mo bravo il mio piangolone! T'e 'n gh'e èter da fèr? Ciànno però un po' la fissa, lì nel giro catòlico, di quela roba lì, tocarsi non tocarsi, e quella sera che ero andato a esplorare un po' la paròcchia nuova della casa cambiata per vedere che maràglia c'era, sai mai, e fu lì che diventai laico, uno dei delegati o cosa un po' più grande a l' diṡ a l' fa: "Dai che ti acompagno a casa io in ciclo, che stai un po' distante, così facian anche due chiacchere e ci conoscian meglio" e mentre si andava, bellamente ed urbanamente discorrendo in modo amabile del più e del meno, tipo: "So che sei in classe con Fontanéṡi" o "Ti piace a tè il fùdbal?" e così, fa a un certo punto, a me sul canone: “Senti,” a l’ diŝ, “ma ti capita ogni tanto a tè di cadere?” “Bóóó?” rispondo io, e quasi mi casca la brónża e penso: “Lui qua non dev’esser micca normale del tutto, cosa c’entra cadere? Non mi farà micca sbalanzar giù dalla ciclo?” e avevo le gambe a braga żuava che gelavano sulla canna, e c’era una prima incerta fumana, presagi di stagione infame già praticamente lì, tutt’intorno, lungo il viale che costeggiava i Giardini, la testa ancora fra l’estate sfumata e le prime tristi impressioni di scuola, quando l’unica speme erano i Santi e i Morti per una finalmente vacanza liberatrice, ma lui lì aspetava che andassi avanti sul tema cadere o no e faccio, dico: “Sai com’è, cadere ’na qualche volta capita a tutti”. “Lo so, lo so,” fa lui pensoso “anch’io ogni tanto cadevo, il Diavolo è il suo mestiere far cadere la gente, ma mi sono detto che con un po’ di volontà potevo batterlo tre a zero e ciò provato e da allora non casco più.” A déggh: “Ma scusa, cosa c’entra il Diavolo e la volontà? Se strabucchi strabucchi, non c’è cristo, scusa, non c’è cazzo, I mean, non c’è micca gnénte da fare, fili per terra e amen” e lui rise a gola aperta del bel riso tondo serafico di chi ha l’anima semplice e pura. “Ma no, cos’hai capito?” fa, “dico di quando uno si tocca e cade in pecato.” “Tipo Angelo Custode che piange e tutto il resto?” feci io, poi vidi che si rabbuiava perché, più grande, aveva avuto l’impressione (giusta) di esser preso per il culo da uno più piccolo di lui e feci: “Ma no, dai, in quel modo lì non casco micca più neanch’io!” il ché era vero, perché proprio in quel periodo avevo intessuto certi miei primi mestieri guzzerecci con mina coetanea, incredibile dictu, una naŝa mai vista (io come fortuna non lei di suo), e andavo scoprendo dei lavori bestiali al di là d’ogni umana immaginazione, e ne riferivo puntualmente e compiutamente agli amici (lei alle sue), e mi trascinavo in ogni dove e modo sulle magre gambe adolescenti fra sfinimenti e languori che i dèbili ancora lombi decisamente mal sopportavano, come, chi da tempo a digiuno, trova le chiavi di Bengodi e Cuccagna, e si rimpinza fino alla morte per colmo di soddisfazione e strafogamento, altro che tocarsi, i miei gàggio. Andavo via che non stavo in piedi, che sembrava non bastasse mai, e ogni volta rinnovellava il desiderio, e il pensiero tornava sempre lì, a quella inveritiera magia lì in mezzo, a cosce pollastre ma già cosce, żiocanta, e pròpio là lì si schiudeva apriva Sèŝama, così calda, umida, benevola, e accogliente, da morircisi sopra o lì intorno ogni giorno le più volte, e tutto il resto del mondo, scuola e casa e Angeli, di tutti i tipi e colori, a strafottere. Che se l'Angelo Custode per il tocarsi piangeva, per queste altre robe era lì che sbateva la testa contro al muro incagnato duro como pantera o pantegana, altro che balle.

Comunque quel tempo era ancora lontano, io ero sempre lì con tutte quele storie degli Angeli ancora sorridenti e della Dottrina in genere, dei fioretti, del momento misterioso delle Elezioni e della grande festa pagana che la Prima Comunione mi avrebbe arrecato.

11.

Mia madre, diceva, aveva già votato un'altra volta, quando si doveva scegliere fra Re non Re. E aveva votato per la Repubblica, quella del 2 giugno, con la sfilata delle Forze Armate e dei cadetti de l'Academia. Anche mio padre aveva votato Repubblica, perché lui il Re gli rompeva un po' i maróni, che era una cosa sorpasata, oggi come oggi il Re, anche se lui diceva: "Non te lo dico per chi ho votato perché il voto è segreto". Ma tanto lo sapevo, ed ero felice perché con gli altri mas'cini della strada tenevam tutti Repubblica, Coppi, e la squadra coi colori giallo-blù della Città della Mòtta, i canarini.

Eravan fieri di essere repubblicani, insomma. Da un lato un re sarebbe stato anche tògo; ce n'è, dei re, nei libbri che si leggono, che si chiama anche Sire, e sembra che se non c'è ti manchi qualcosa, non so, corone mantelli e spade e moschetieri del re e cose così, che delle volte c'è un usurpatore tròglia da matti ma poi arivan quelli buoni e il re torna al suo posto e tutti vissero felici e contenti. Ma pare che il nostro fosse un po' lòfi. "È scapato," diceva mia madre "quello che c'era prima il nanetto che non sembrava neanche un re, con quella statura lì?! che il figlio era anche bello, volendo, un bel'uomo, ma suo babbo pròpio!, suo cugino era meglio, come si chiamava, il Duca d'Aosta là, ma era suo cugino?, che è morto da eroe, in Africa, lui invece apéna c'è stato del fisso ha preso su e è scapato, con la regina e pèder fiól e Stivanèin e chi s'è visto s'è visto, che via, un re, far di quele robe lì. Che se avesse fatto tanto così, e lo poteva fare, e pròpio alora tuo babbo l'han preso su i tedeschi in Grecia e s'ciao, che lo sai anche tè quand'è tornato, e il re è scapato. Che io ciavévo anche della simpatia, un po' perché era anche bello avere il re, e quello di maggio che era poi suo figlio che t'ho detto era anche un bell'uomo, micca come suo padre che forse non era neanche suo figlio, alto, distinto, un po' come tuo babbo. Ma poi ho pensato a tutte quelle gran dame che c'erano, e conti e marchesi e servi e servitù e ṡbliṡga, tutto un gran magna magna, magna magna, e noi in casa in tempo di guerra, no questa l'altra che tuo nonno era al fronte, noi una miseria che s'ciflava l'aria, che se non c'era tua Żiażita, che era una bambina ma andava a fare le reti mimetiche col truciolo, con le mani sempre a bagno nei colori delle tinte mimetiche e le dita segate dal truciolo, e si tirava avanti con quei soldi lì, pensa tè, altro che re, vaatfafòter! E così mi son detta Repubblica tutti uguali e che vadano a l'inferno, e a lavorare anche loro, che poi a lavorare sul serio non ciandranno mai comunque, ma almeno quella sodisfazione lì non gliel'ho voluta dare."

Così, già provati dalla precedente esperienza, andarono lieti quella domenica mattina d'un sereno aprile. Lieti poi a misura perché c'era il Pericolo Rosso in agguato e tutte quele storie di Stalin e della Siberia e che amazzavano i preti e così. Ma dopo tutto il bàito della propaganda e delle scritte e dei manifesti e dei comizi alla fine avevan proibito tutto e c'era sembrava un gran silenzio improvviso, da ventiquattro ore, come quando il treno arrivava in stazione e dopo il ciuf ciuf e il fumo e il tarlach tarlach delle ruote sulle rotaie e gli scambi e le porte che sbattevano c'era quel silenzio improvviso nelle orecchie, o meglio, solo un brusio indistinto fino al fischio del capostazione che dava la molla alla partenza. Loro i miei uscirono di casa e fa mio babbo dice ti sarai micca messa il rossetto che ricordatelo che poi la scheda se si sporca viene annullata e perdi il tuo voto, cosa terribile solo a immaginarsi perché, come? uno aspetta tutto quel tempo poi va là e sbrodola tutta la scheda e c'è lì uno che dice, a l' fa: "Guardi mi dispiace signora ma il suo voto è annullato perché c'è tutta la scheda immelnettata, come no?! guardi mò qui!" come tè coi compiti che lo avevi fatto fino a lì così bene poi basta un attimo e ti cade la goccia dal pennino e s'ciao, le fatiche di un intero pomeriggio che pròpio quel pomeriggio lì ti eri detto: "Aaa, Renato ha sempre i quaderni puliti e in ordine, èee? Adesso state mò a vedere che son capace anch'io!" e invece pròpio alla fine haste made waste, giù la ria goccia, un fiume in piena di inchiostro che non bastano le carte asorbenti del mondo tutto a frenarlo, e più lo agiusti più lo spaciughi, vacca d'un cane.

I miei uscirono. Avevo sentito alla radio che c'erano 29 milioni di votanti, quel giorno, micca uno, un mucchio di gente che ti immaginavi in lunghe file formicali e formicolanti per i seggi (nuova, curiosa parola) dell'Italia, e votavan da tutte le parti, anche su votavano forse, un gran scrivere di matite copiative e sfogliazzare di schede; lì d'atorno c'erano seggi nella scuola e fra le porte del Florida, per quel giorno interdetto ai balli. Occhieggiava dalla porta un soldier scalcagnato, baionetta in vita e cicca in bocca, e qualche pulino a baffo sottile si aggirava, e passavano celerotti in camionetta, perché tutto doveva essere in ordine e pacifico, e dicevano i giornali che avevan trovato nei giorni prima delle gran armi, ma dei giorni prima, perché i frontagni eran sicuri di vincerle, quelle elezioni, e se le vincevano c'era tutto un mazza mazza che dopo la guerra s'eran dovuti fermare, e Ziegéa che andava il sabato con una torta in mano per portarla al Forno di Pavarotti al pasaggio a livello, aveva già preparato la torta per festeggiare perché lei invece era convinta che vincessero i democristiani, che aveva anche tanto pregato, e una sua compagna di lavoro del Forno Svizzero dove lavorava (non quello di Pavarotti) che l'aveva incontrata disse cosa poteva fare della torta, e rise a a a, che invece guarda mò se ha riso bén ultimo, no, chi ha riso ultimo, insomma un lavoro così.

Per noi mas'cini fu quasi un giorno come gli altri, lunghesso via Cucchiari e dintorni, a spiare quelli che andavano a votare e i tuoi han votato e per chi e per tè chi vince, col dolore di non poterlo fare di persona, poi dopo un po' la novità stancò e tornaron fuori i fifi e le bocine e i coperchini, profittando dell'inattesa insperata gratuita vacanza. Ma già il martedì cominciarono a metter fuori i primi risultati e c'era tutta la gente a naso in su che guardava e commentava. I giornali dicevano che tutto si era svolto con ordine e tranquilità nonostante alcuni tentativi che poi li hanno arrestati, e che anche le suore di clausura e i malati gravi erano andati a votare e a Bologna una vechina moribonda aveva voluto una puntura di penicilina e poi era andata a votare e in sicilia una madonna aveva aperto e chiuso gli occhi, segni che tutto stava poi andando per il verso giusto.

Fu la radio a dare la sicurtà dell'avvenimento che si andava sperando. In tutto il palamàglio si era fatto un gran silenzio improvviso, tutti attaccati all'aradio, chi ce l'aveva, e quelli no in casa degli altri, tutti ad ascoltare le fatidiche parole, Democrazia Cristiana 12 milioni, e non basta, 753 mila, 841, anche i quarantuno, e il Fronte 8 milioni e altra robetta, to' mò. Ed esplose tutto il palazzo, abiamo vinto, abiamo vinto, e la gente si chiamava dalle finestre, che si erano tutte spalancate, meno quella della signora Giovanna che si chiuse e per un pezzo non si fece più vedere nesuno.

Ma anche quell'aprile finì, ed arrivò maggio, completo pari di gonfalon selvaggio, anche se era troppo presto ancora perché i sensi si svegliassero in direzioni intuite ma non chiarite appieno. Solo, l'aria era sempre più tiepida, e nei tratti di terra fra gli alberini delle strade colmi di fogliette e lo sbuffare in fuori delle siepi che le recinzioni mal trattenevano, in mancanza di marciapiedi, era cresciuta sul paciugo invernino una virescente erbetta che era stata tagliata, privandoci del piacere giocoso delle mille possibili utilizzazioni delle spighe del loglio o quello che è, che messe su per una manica, a dirne solo una, misteriosamente si fanno strada fra le vesti e te le ritrovi chilometri dopo da qualche parte alla sera spogliandoti. Però, questo foraggio abbandonato, spargeva attorno un non dimenticato e quasi invocato odore di fieno, che si faceva presago di imminente fuga dalla città per i campi il fiume i monti e la finalmente libera salvatica libertà estiva, quando la vita meritava appieno d'esser vissuta. E io, come un gatto che alza improvvisamente il muso a recepire un odore che solo lui sente, può cogliere appieno in tutte le mille significanze, mandavo giù folate di quell'aroma antico, mai scordato, anche se non riuscivo a chiudere il cerchio delle ragioni vere e il tutto finiva in un'esplosione breve di una corsetta improvvisa, di un saltello un po' più alto, di un sospiro più fondo.

Vuoi mò che smettessimo, dopo la dotrina, d'andare in chiesa a pregare? Avevan vinto o no?! No, adesso bisognava andarci lo stesso per ringraziare il Signore (come se avesse fatto tutto Lui), e anche perché il giorno fatidico della Prima Comunione con Cresima per giunta s'avvicinava, e dovevamo prepararci spiritualmente in maniera sempre più tògo e profonda. C'era poi, in maggio, da fare i fioretti, che consistevano in una coroncina che avévan fatto le suore, tògo, con dei granini tipo rosario però a due a due e non fissi immobili ma agilmente suegiuìbili, sempre a due alla volta (non c'era altro sistema), tipo due fioretti al prezzo di uno, che ogni volta che facevi un fioretto, media buona uno al giorno, li tiravi giù e alla fine dovevi averli fatti tutti. Chiamasi fioretto una buona azione in genere, o una rinuncia, ma non del genere oggi rinuncio al gelato che tanto non me lo compran mai, oppure ho fatto senza il zampone che era da Natale che te ne privavi. Perché poi dovevi andare da Madre Carmelina che te li omologava o meno, oggi mia cuginetta mi ha dato un morso ed io, illuminato da rapida grazia, invece di cacciarle un veloce cucco come cielo e giustizia umana volevano e reclamavano, le ho fatto una carezza. Passa? ma non è micca facile far tutte quelle buone azioni lì, ci voleva un po' di fantasia, non è che le buone azioni stiano lì d'atorno, a la gugna, e una volta, che venivo da una settimana pasquale pasata su, avevo visto nel fiume due bimbette nude nate come il Signore Iddio le aveva fatte, là che si slavazzavano, e dapprima d'in frammezzo i salici le avevo contemplate di nascoso a mio piacere, poi, reso coraggioso dalla strana evenienza (eran là che non facevan 'na piega), mi ero slanciato in fuora per guardarle più compiutamente da vicino, fingendo grande disinteresse mondano ma non mancando tutta una serie completa di scientifiche occhiate in tralice. Non che fossi stato da sempre privo dello spettacolo, che già conoscevo, mi era già stato dato, ma il vedere la grazia di Dio live mi era sfuggito sino a quel momento, che la vecchia Edi si faceva anche pagare, poi vuoi mettere, era solo una visione parziale, a scappa e fuggi, al buio dei soterànei. Fu un gran bel giorno, ma quando tornai nella Città della Mòtta, privo di regolamentare fioretto (ho aiutato la nonna a badare alle galine?), mentii per la gola ed affermai che sì, le avevo viste, ma che, novello Luigi Gonzaga con spruzzo di Beato Domenico Savio (che da quel giorno fui convinto mi guardarono male dai loro ritratti lì attorno appesi in ogni dove), avevo girato il capino biondo dall'altra parte, offeso da cotanta indecenza che attentava alla mia purezza. Cosa che madre Carmelina apprezzò il giusto, perché tanto lei sul nudo totale non nudo non è che, credo, se ne intendesse molto, sorvolando agile e leggera sui famosi atti impuri che, a subdola domanda di chiarimento, lapalissiana rispondeva essere questi atti così detti perché appunto "non puri", e vai contento. Magari, se in buona, poteva aggiungere che la famosa purezza era un bene tanto inestimabile che alcuni giovinetti o giovinette avevano preferito, piuttosto che perderla, allegramente morire. Come si perdeva non ci fu mai detto. Ma forse aveva anche nasato che il tutto puzzava in lungo ed in largo di malizia infantile. E dire che avevo palleggiato in mè l'idea di abbellire il tutto aggiungendo che le avevo anche a lungo rabbuffate per la loro vergognosa sfrontatezza e adescatrice impudica libidine. Comunque pasare pasò, e bene o male 'sti maledetti fioretti ognuno i suoi ci arrivammo alla fine, con Marco e Renato che, se non in qualità, in quantità cacciavan de le balle da lasciar stesi, io che li conoscevo, perché venivano a raccontare dei fioretti che davero, via, solo alzarsi in piedi a dirle, certe robe, tròglie che non siete altro! Io almeno c'ero andato quasi vicino!

È che ora ormai eravamo alle strette e le questioni si facevano sempre più dure. Avevamo capito che il culo della Comunione era che uno poteva anche pecare, ma bastava poi che si pentisse e se la sgabelava, ma era di fondamentale importanza pentirsi prima di morire, se no eran davvero amari; ma se uno aveva la grande naša di riuscire a farlo, trach, alée, salvo, e chi s'è visto s'è visto, anche se era stato la più gran tròglia del mondo. Ma madre quanto tempo prima, un'ora, mezz'ora, cinque minuti, uno? Anche un solo istante, ma basta che il pentimento sia assoluto e sincero.

Ora guardati mò dentro a vedere se primo ce l'hai, quel pentimento lì, e poi se è assoluto e sincero. Sei lì in ginocchio davanti a Monsignore e cerchi di frugare nella tua mente bambina per cercare tutti quei peccati che in lunghi, eterni, otto anni di vita, hai šicuramente sciorinato in qua e in là, nessuno escluso. Be', óóó, non mi sembran micca poi un gran ché! Ma non son tanti davvero o non te li ricordi, o, peggio, li hai astutamente cancellati dalla tua memoria? Pentirsi, poi, cosa vuoi mai, tipo babbo ti prometto che non lo faccio più? Lo sai che è fino a 'st'altra volta. Pentirsi di cosa? Le šgiaronate son veniali o mortali? E dire che due maróni? Saranno veniali, ma se torni a guardare l'Edi là dove sai è certo mortale. Mortale per quel lavoro lì, una guardatina e via? Metiamoci ben d'acordo, se è così mortale ci voglion delle pacche bestiali, punizioni indicibili tipo scuriate e sfibiate, e non tre pater ave gloria che in cinque minuti sei quasi salvo e amen, e torni fuori bello come il sole uguale a streganascóndere salvi tutti. Che mortale è?

L'altro fatto che rodeva era quello del digiuno, non tanto il resistere impavidi ore ed ore senza un grammo di pane o una stilla d'acqua, noi, chi poteva, delle venticinque merende al giorno. Avevamo luminosi esempi dai nostri eroi preferiti che, ogni tanto, cattivi di qualche malvagio, altro che digiuni di qualche ora ben sopportavano, e allegri e contenti. Dopo due mesi di torture e mangiare riga: “Ti piacerebbe un po’ di fresca acqua e di cibo, no? (ghigno satanico) Basterebbe che tu parlassi!” “Giammai! Ho lo stomaco un po’ imbarazzato, cara la mia tròglia!”. Era gente così.

Quello che ci spaventava era l’imponderabile, il caso o la distrazione piombanti perversamente a rovinare mesi e mesi di lavoro, che se rompevi il digiuno non potevi fare la Prima Comunione e ti tocava ricominciare tutto dal princìppio. Mettiamo madre che uno è lì che camina e piove e distrattamente apre la bocca e una goccia, una sola goccia, gli cade dentro e lui distrattamente la deglutisce... aaa impossibile? e la Realtà Romanzesca della Domenica del Coriere, alora?! O passa di lì un paserino con una briciola di media grandezza nel becco che la lascia cadere e tè sei lì sotto che sbadigli (non è micca pecato!) e un colpo di vento te la spinge in bocca...

Che problemi per menti di otto, incubi di morte e (forse) resurrezione, paure penitenze e salvazioni, volontà umana, divina e destino.

E il destino colpì basso, una settimana prima (o furono le giuste celesti punizioni per i fantasiosi fioretti?) con un’itterizia che lasciò il comunicando/cresimando giallo in viso e in anima (come sul Corierino il nemico di Bonaventura, ecco arriva Barbariccia, faccia ed anima gialliccia) e un vero intero giorno a digiuno, da rantolare di fame, fino a quando apparve una minestrina di verdure e grissini sbriciolati considerata subito una delle più rimarchevoli leccornie dell’intera vita. Salvare ci si salvò, ma a dieta, che escludeva categoricamente il succulento pranzo post-cerimonia, unica vera speme e premio dei mesi teologici. Via i parenti di montagna, spariti quelli di pianura e i branchi attesi di festanti cugini, carichi di doni che neanche i Re Magi. Tanto il vestito si era già comperato, scarpe comprese, e cresce tanto che quest’altr’anno bisognerebbe ricomprare tutto, dica mò, ma è una spesa signora, lo sa anche lei, abiam già fatto anche le foto del santino, che è venuto così béne (possono convivere l’espressione pia e da gàggio?), tanto l’importante è la Comunione in sé, ne avrà delle altre occasioni, se non c’è la festa pazienza!, pazienza i maróni, con Marco e Renato che sicuramente crapulavano lì a pochi metri. Il sole, quel giorno, quasi per simpatia, era scomparso, e nuvole primaverili fredde e piovose mi accompagnarono al Sacro Rito. Vennero naturalmente la Żiegéa e lo Żiovàlter, che stavano già lì, ed una pietosa Żialba sola giunse da Carpi (lasciandosi alle spalle Suzzara), portando in dono una magica novità da scrittura che si chiamava Biro, tutta di color d'oro (ma è d'oro d'oro? Èeee, quasi!) e che scriveva, miracoli del moderno, a due colori, blu da una parte e rosso dall'altra, e fiero allacciai al polso il primo orologio della mia vita, dallo Ziovàlter, padrino, donato.

Ma i doni non compensarono il resto. Finito un triste pranzo, si ritornò per il secondo round della Cresima, unti in fronte con fascia, poi a casa e via la biro che vuoi consumarla tutta in un giorno?, e via l'orologio che lo rompi, non credere adesso di portarlo tutti i giorni, che te lo teniamo per quando sei grande.

Acconsentirono per il cinema, che davano un fascinoso Bufalo Bill, a colori, ma quei film lì sono diseducativi, che poi ti esalti e non studi, e fu un misteriosissimo "La stirpe del drago" pieno di cinesi in bianco e nero che suggellò una giornata di infiniti dolori.

12.

In un quartiere nuovo i palazoni véngon su come funghi dopo una pioggia di luglio e il successivo e necessario calore. Fitti, uno dopo quel altro, senza tanti spazi verdi atorno, trach, non c'era gnénte e adesso guardalo lì, un quartiere nuovo, come una nuova cità nella vecchia cità della Mòtta (per Carpi-Sużaramàntova si cambia). Non c'era gnénte si fa per dire. C'era mò campagna, che allora si spingeva fin dentro la città, chiusa da siepi di filo spinato che si scavalcava con allegrezza, in autunno, quando gli olmi delle piantate erano carichi di uva, e si poteva ancora andarla a cucare su, e quando arivava la fumana sembrava che nascesse lì di botta, un muro compatto di fumana, interrotto ogni tanto nelle stradine basse che spesso costeggiavano fossi e da qualche fanale che appena bucava di luce, campanello e rumore della dinamo che sfregava contro al copertone.

Ma c'era bisogno di case nuove, sempre di più, in continuazione, e alora eccoli lì, i palazoni. E, come si sa, sono palazoni e non palamagli, perché c'è la sua bella diferenza! I palazoni son qualcosa di nuovo, ma no nuovo stile novecento che sarà anche novecento ma è uno stile ormai vecchio, un novecento di un secolo fa (hai presente le scenografie all'americana? quelle dei film americani, i miusicals, quéla roba lì? quelle sì, che son nuove!). I palazoni voglion dire vita nuova e aria diversa e diversa architettura, non solo col cesso ma con tutto il bagno in persona in casa, che è quello che più desideri, il bagno, e il misterioso bidè, la prima cosa che la mamma di Cesare fece vedere alla mia, nel villino di fronte al palamàglio dove si stava, e da noi non c'era; che a tè poi il bidè ti interessa quel tanto, solo se ha lo spruzzo che alto zampilla e ti irrora il viso che lavarsi la ghigna in chinino è cosa più sapida e diversa sul serio, là supra, ma deve avere anche significati e scopi reconditi, che senti le mamme che dicono: "È una comodità, signora!", perché le donne in città si chiaman signora, che non son poi come i signori che c'eran fra i monti, quelli che venivan d'estate a vilegiare, quattro pàlmi sopra, e noi razza un po' speciale (popolo, lumpen?) e loro i signori, che c'era Gisto e Blè-blè e la Gatina e via andare che se ti scappa un signore/a con loro ti guardano e fanno: "Signore? Qui di signori non ce n'èvve. Il Signore è in Chiesa!". Ma fra i vilegianti c'era il signor Tale e la signora Tale e Talaltra, tutti. Si vede che è la cità, che son tutti signore e signor, o quasi, perché in cità c'è poi meno da mangiare, con tutto quel lusso che voglion fare, ti dicono su, vogliono solo far vedere, e ciànno le ragnatele nel culo.

In cità son tutti signori anche i miei, e anche tuo padre gira sempre col paltò d'inverno (follie di città o doveri sociali?) e la giacca con la cravatta e il cappello in testa, ma no il capèllo brétta quello che se te lo metti in testa quando ti batezzano non te lo levi mai e non son ostie per il resto della tua intera stessa vita, ma di quelli che quando passa una signora (rièccole, le signore) per la strada, o sul pianerottolo di casa, o a la messa della domenica matina, tuo babbo mette repente la mano destra in quei due buchi sul cappello che fa il cocuzzolo davanti (che è fondamentale perché è la prima cosa che fai quando comperi un cappello nuovo, quei buchi lì, che un po' c'è già come per dirti guarda che i due buchi devon essere proprio lì, non fare il gàggio), e poi se lo scapella che è uno sguazzo vederlo come lo fa bene (che dicon poi: "Che persona distinta!") e lo alza leggermente dalla fronte e dice: "Buon giorno signora!" e poi rimette il tutto a posto tendendo ratto la medesima mano destra mentre la signora gli fa, dice, garrula: "Buon giorno a Lei!", e così fa il signor Marani e il signor Luzzéga colleghi di tuo babbo (che è nuova parola, collega, che son quelli che lavorano asieme) che tè dici: "Mó vacca! Ma è dificile! Come farò da grande a imparar tutte queste cose qua?! Chi me li compra a mè i capèlli e m'insegna a scapelarmi così e dire buon giorno signora, come sta, col soriso a tutti denti?". Uguale al mistero che poi un giorno incontri una, la guardi bén amòdo e poi le fai, dici "Vuole diventare mia moglie?". Come si farà? E non pensavi che forse non era da comprar cappelli o cappelle per l'intera tua vita, ma forse copricapi generici, baschi, colbacchi, coppolette, australiani a tesa rialzata, papaline, fez (rossi), Stetson, e di mogli ne avresti avute anche troppe. E anche le donne ciànno il cappello, financo tua madre che scopri anche lei essere una *signora*, che le signore cian le modiste, che son quelle che rimettono a posto i capelini, che poi son cose che da grande dovrai imparare a prendere in giro, da marito, perché i capèlli degli uomini no, che son seri, ma queli de le donne son da irridere, che c'è sempre nei giornali di tuo padre, quelli buffi, una vignetta con lei che si fa fare il capelino, buffo. O rifare. Perché poi ti ariva quella donna a casa che si chiama la modista, (una che non prende tanto come quelle che stanno in centro, che si fan pagare più che altro la vetrina, che lei non ha la vetrina con scritto sopra "modista" ma è tanto brava lo stesso e costa meno) che è una che da un capelino vecchio te ne fa di tutti i colori, ma realiter, che te lo prende te lo sforma te lo ricuce e te lo ritaglia poi żach, tutto nuovo che non lo riconoscerebbe più neanche la sua mamma (del capelino) che nemmeno quel padre della tua compagna di scuola, il mago. C'era questo mago, che venne a scuola, e dopo scopristi che era il padre misteriosamente estero, ma estero estero, veneto o goriziano forse, di quella tua compagna di scuola, quella che aveva già le tetine, e la cosa ti scaravoltò tutto di dentro di invìddia, no le tetine, perché dev'esser bello avere un babbo mago e no postelegrafonico, che prendeva le cravatte e i capèlli dei maestri e delle maestre, che ce l'avevan tutti il cappello, che BISOGNA, da grandi, avercelo in testa e tutto; poi, vacca d'un cane, li tagliava con le forbici, li pestava, ci rompeva sopra de le uova (finte, forse, perché in giro non ce n'eran poi micca tante da butar via) se li sbateva sotto ai piedi, e poi te li ritirava fuori da un capèllo suo (ma diverso, a cilindro, si dice) o da una scalfa o da quello che era, ma agiustati e nuovi e anzi più nuovi. E lo fece anche con un giornale, che però quando a casa tua ci volesti provare col giornale e dicesti: "Babbo, dammelo pure babbino, con fiducia, che tanto il tuo giornale (per la cronaca una Domenica del Coriere fresca di stampa o meno dell'anno del signore mille e novecento quarantotto, con tanto di copertina forse ancora di Achille Beltrame pròpio lui, e anche chi l'ha visto, e la realtà romanzesca coi calli del dottor Ciccarelli) il babbo giustamente disse fra sé e sé col gażo e prima ti dette di bìschero (toscanismi aviti) e poi per acontentarti ti dette un giornale già sull'usato e tu coi maróni che dopo averlo vivisezionato con le forbici riuscivi a ricomporlo, come aveva fatto il mago, razza evidente di farabulani perché il malévo ci aveva detto, a scuola (ingresso lire quindici): "Andate a casa e fate ciò per ricordo di me, col giornale del vostro papà (papà, mó che nome da gàggio è?!) che vedrete il giornale risorgere come Lazzaro anzi più bello e scintillante, e ne avrete lodi e guiderdoni, e fors'anco una borsa di pistole," come leggevi nei tre moschetieri che prima di uscire di casa si ficavan sempre in tasca una borsa di pistole opure la davan a un buon uomo qualunque (che alora eran contenti di farsi chiamare buon uomo ma se lo dici ora la gente s'incazza) e ti dicevi: "Mó vacca! E poi cosa se ne fanno, di tutte quele pistole lì?!". Per scoprire secoli dopo che erano monete, le pistole. Per me ci prendevan per il culo.

Lodi e guiderdoni, e? Guiderdoni i maróni! Che se il saggio babbo non avesse avuto come una premonizione e t'avesse dato il giornale sano, da farci l'esperimento magico, avresti avuto, come spesso accadeva, il tuo avere e la cuna, vacca d'un cane. Ma queste erano cose di un lontano passato, il presente era il nuovo dei palazoni nuovi, che meraviglia! I palazoni han tutto di lusso come i canpanelli, che funzionano, perché se son solo per belezza alora non vale, perché anche in via Cuchiari li misero su ma qualcuno qualcosa come trenta secondi dopo li sbarbicò dal loro alveo (li enucleò?) e già non andavan più, che il sogno di avere ALMENO i campanelli durò un sol istante, un pomeriggio, che tanto non c'era il tiro, e il portone giù non si apriva né si chiudeva (vuoi mettere con la soddisfazione di mettere il cartello: "Si prega di chiudere il portone. Piano!"), che è meglio perché se ti suonavano dovevi andare alla finestra a dire chi è poi farti tutte le scale per andare ad aprire. Alla porta di casa c'era sì il campanello a giro con la manina che tè la giravi e sentivi il drin, ma era gente poco abituata a far drin, e il più delle volte busavano, a nocche dure, che tanto sembrava che ciàvessero sempre avuto a casa la tenda, con la préda che chiude, come quando non chiudi una porta e c'è sempre uno che ti dice, a l' fa: "ó, ciai la tenda o la préda, a casa?!".

E prima ancora che sia fatta, sogni la nuova casa, con tutti quei lussi nuovi, nel quartiere nuovo. C'era prima un inizio di via Pelùsia che carrarecciamente si addentrava fra i poderi di una periferia ancora contadina, una via Pelùsia che si porta dentro tracce di remota lingua latina, la via erbosa; poi, trach, prendi mò su, che improvvisamente risuonano i cantieri e le festose e operose maestranze (ó, nei libbri di scuola c'è scritto così! Son sempre così contente ed operose, le maestranze, sui cantieri. E cantano, sempre allegre e spensierate cante!) incominciano a impastare i calcestruzzi e a gettare le fondamenta e a innalzare muri e le famigliole domenicali ci vanno in gita, salgono scheletri di scale ed entrano in futuri appartamenti dicendo qui ci va il letto, là ci andrebbe il comò, lì l'armoar, il bufè e il controbufè, qua il bagno, un bagno vero con la vasca vera che basta col bagno nella soiòla, nuovi lussi babilonesi, vàter e perfino il famoso bidè nel bagno, che se non c'è alora non val neanche la pena. Il tutto per ora consistente solo in tubi che escono dai muri non ancora piastrellati a dovere, e i masc'ini ancora sospettosi non riescono a capire, a entrare nello spirito: "Lì il letto?" a cavallo fra titubanza e desiderio, a scrutare di sottecchi i babbi coi metri snodabili che misuran di qua e di là e le mamme che dicono: "Mó non ci sta micca ve' qui!" e a slumare altri mas'cini, forse possibili futuri compagni di ribalderie, a valutarne peso e consistenza e possibilità.

"Qui c'era il cimitero degli ebrei" e qualche lapida scritta in caratteri strani c'è ancora, pencolante qua e là. "Il letto sui morti, il comò sui morti? Chi sono poi, 'sti ebrei?" Ma non ce n'è più, perché in tempo di guerra l'hanno bombardato, sconvolto e dissipato, e poi li stanno trasferendo da un'altra parte, fuori. "Móo? Dormire su un cimitero?" Va be' che qua ci son le scale di marmo, e un grande portone esterno con tutti i campanelli (finalmente) col nome sopra, anche il nostro, che tu suoni e da sopra (maraviglie del moderno!) ti aprono col tiro, che c'è scritto sopra, TIRO, da farlo le cento e cento volte i primi giorni. Poi si entra nell'atrio, e hai tre scalini di marmo e una ENORME porta a vetri, e le buchette de le lettere, coi nomi sopra, scritti in ottone. È tutto un altro andare, anche se dispera il sentimento di dover iniziare tutti quei rapporti sociali e ludici che avevi di già intessuto, ma vuoi mettere, ora che anche tu hai anche il bagno con la vasca e lo scaldabagno (a legna) e il bidè con lo spruzzo e il vaterclòs con la catena che funziona!

In certi periodi, fa conto i primi cinquanta, i clan si spostavano da un capo all'altro della città, interi gruppi sociali con carri e bagagli e triciccli e furgoni e càmmion e ciclo, un movimento continuo e inarrestabile di scatoloni e materassi e mobili e specchi. Nelle vecchie case si impacchettava l'impacchettabile, e venivano svuotate remote cantine buie di luce e di polvere e pantegane e vecchie, e finivano sacrificati al DIO NUOVO ricordi e reperti, vecchi tegami e collezioni di giornali sopravvissuti a due guerre, Tarzan delle Scimmie a dispense, Domeniche del Corriere stracolme di Ferro-China Bisleri, Palestre dei lettori (o era il Corierino?) inondazioni in Transilvania e aquile che ghermiscono pastorelli, oggetti e stampe che poi si sarebbero pagati fortune negli anni a venire, rimpiangendo di averli sacrificati, come rito propiziatorio, al Dio Trasloco in persona. Non più la casa inamovibile che al massimo si poteva allargare per prolungamento di spiovente, o innalzando con audacia un'ala posticcia, con cesso pensile con lunghi tubi di cotto che scomparivano nei recessi dei Pozzi Neri. Un taglio netto, tranciato ogni cordone ombelicale, non ci si può portare dietro tutto, e le piazole del rusco si riempivano di materassi sventrati simbolo di scomparsi àvoli pisciolosi, di sedie spagliate fino ad allora tenute come reliquie, di ritratti d'antenati, di mobili novecento vissuti una stagione, forse perché sembravano rammentare il fascismo e la guerra, e al tutto si dava allegramente fuoco, un fuoco purificatore e ben augurante. Quando poi gli scatoloni venivano riaperti nella nuova magione per ricomporre e ricostruire, indarno cercavi quel libro, o quel giocattolo. "Mó cosa vuoi che sappia, io, se ne perdono, di cose, in un trasloco!" e ti aggiravi ululando di dolore, come quando ricordavi erano andati dispersi nel primo trasloco quel Pinocchio o quella Gip americana fatta a mano.

I primi giorni in una casa nuova non sai mai dove andare, come se fossi posticcio, in prestito, perché girare girala pure ma dopo un po' l'hai già girata tutta. "Mamma vado giù!" non ha più quel sapore significativo, che sapevi di trovare, nel santo "giù", con tutti gli altri mas'cini, pronti ad ogni nequizia e turpitudine. Giri intorno alla casa, caracolli sui mucchi di macerie che i cantieri lasciano, non le macerie del dopoguerra immediato, delle case scardinate e sventrate, ma qualcosa diverso che sapeva di futuro e di nuova periferia. I campi sparivano e si riempivano di dune ricche di cose da rovistare e catar su, lucenti pezzi di tubo da cerbottana, pezzi di scritte al neon, legni e piastrelle, ma tutto nuovo, e attorno ad una ex campestre Bocciofila coi pallai come bigliardi, si squadravano le vie, sorgevano le case che si riempivano di negozi, e trovasti anche (sorprese dell'emigrazione) il vecchio lattaio del vecchio quartiere, ora con regolare negozio dove DEVI recarti ad acquistare, perché non passa più casa per casa col bidoncino sopra alla ciclo e lo scodelòtto-misurino appeso al canóne.

Ma è l'unica cosa che in qualche modo ti avvicina al passato, perché cambi quartiere e scopri che è come varcare un continente, prendere un vapore e salpare per destinazioni ignote, la Pampa, o il Catai. Non come in un paese che se ci nasci rimane quello tutta la vita; lì è invece cambiamento di tutto, non più gli amici vecchi, che frequentavi ormai da sempre, sembrava. La città è fatta per marciare e cambiare e triturare, pochi metri e tutto è diverso, e non torni neanche più indietro, per rivederli, gli amici, come se tu fossi scomparso per loro, e loro per te.

Indietro solo un paio di volte, per cercare Muṡghìin, che da cucciolo miagoloso, sperduto e scabbioso, grazie a mio impetramento e collettiva famigliare gattità (e soprattutto a cure di pomate allo zolfo), era diventato un rispettabile vitello di robusto tonnellaggio, ben fiero dei maróni a pallina che portava appesi appena sotto la coda. Non ci stette al cambiamento (come leggenda voleva), aveva i suoi giri e i suoi interessi e non ci teneva a cambiarli. Si vede che del bidè non gliene fregava gnénte. Si girò per i cortili e sotterranei e cantine, alto chiamando; finalmente Morsichino lo si ritrovò, ma quel simbolo maschile così orgogliosamente ostentato lo aveva, come spesso accade, perduto, facendogli lasciare mezzo orecchio e buona parte della bocca bavosa e metri quadri di cute e pelo fra le fauci di più giovani e forti avversari. Morsichino giaceva come morto nel fondo di una quasi dimenticata cantina vecchio stile, dove s'era infilato forse per andarsene in pace, forse non notando neanche i branchi di mustang-pantegane che gli caracollavano attorno irridendolo. Riportato nella casa nuova e a nuova vita, appena recuperate le forze, tornò a scomparire e non lo vedemmo mai più, quel Muṡghìin che si strusciava a coda alzata, che ronfava come meglio di una Gr 270 FS, che quando si tornava da su, anche dopo due settimane, al solo sentire del suo nome appariva improvviso in fondo alla strada e ti correva incontro gioioso per inerpicartisi addosso. Quel nobile felino lì aveva deciso il suo Götterdämmerung, scelto per un gattesco Ragnarök liberatorio e conclusivo, definitivo, nella vecchia strada.

13.

Nel deserto, qualcosa era spuntato, come dopo un acquazzone dalla sabbia spuntano improvvisi i fiori di cactus. Da quella strada appena abbozzata, hanno fatto prima una via perpendicolare alla tua, e una traccia di proseguimento, poi altri palazzoni, enormi portoni lucidi di legni massicci e ottoni, finiture in marmo, finestre ancora con le esse dei vetrai, che nessuno ci sbatta contro. Ci verrà pure a star dentro qualcuno! Ci sono ancora, attorno, negli ex campi non ancora edificati, oltre alle erbe spontanee e qualche vite inselvatichita, i residui di costruzione delle nuove case tirate su. Dune di scarichi, mattoni forati rotti e interi, metri di fili elettrici varipinti, assi da impalcatura e tubi, vetri frantumati e giornali vecchi abbandonati. Anche tu hai abbandonato i pantaloni corti, hai già le braghe alla zuava, allacciate sotto al ginocchio, con un calzetto che perfetto lascia la caviglia per entrare nella scarpa, ed un altro vittima della forza di gravità che tende a calare e ad arrotolarsi mollemente sulle nocette, e ogni tanto ti devi chinare a tirarlo su, ma è come lottare col destino. Ci sono scatolotti vuoti che calci oziosamente e cocomeri asinini che calpesti per sentire sputare fuori i semi, con molle slancio. Nell'aria settembrina nasi odore di fumo, accenni di un fuoco che brucia rusco. Ci sono degli altri ragazzi? Ti avvicini, ma c'è solo un vecchio girovago, barba e capelli lunghi, grigi e sporchi, un carrettino a ruote di ciclo con sopra l'incredibile, pentole incrostate di nero e un paio di sacchi guardaroba e forse credenza di cibo, cartoni ripiegati, ombrelli, cornici, panieri, e immagini sacre attaccate dappertutto; cinque o sei cani legati mangiano in ciotole e piatti sbeccati più o meno quello che mangia lui, poco distante. Un cane ti ringhia, gli altri ti annusano, o sono indifferenti, scuotono le code e zampettano. In mancanza di meglio, puoi sempre fare due chiacchere anche con lui, che in un esotico dialetto padano ti racconta che gira, che sta bene, gorgoglia di perché si è messo sulla strada (e intanto i beatnik stanno per mettersi forse anche loro on the road, a tua insaputa), non si lamenta ma è vecchio, e ti dice di come, la notte, per l'umidità, anche adesso che è ancora estate, gli fanno male i galóni, li indica per farti capire dove, e sospira e guarda i cani, come se pensasse con dolore di doverli abbandonare, come tu col tuo gatto, e guardando nei loro occhi la loro assoluta fiducia nel padrone ti viene un magóne improvviso.

Ma finalmente un giorno, che non c'è più nemmeno il vecchio dei cani, hai un'apparizione, incerto se miraggio o realtà. Da una duna poco distante è spuntato uno più o meno della tua età. Lo guardi e lui ti guarda, allora abbassi gli occhi e fai un po' la vecchia, fischietti un'arietta, metti le mani in tasca, poi camminando da una parte e lui dall'altra cautamente vi avvicinate, e siete lì e non potete far finta di niente.

"Ciao" pausa, risposta "ciao," "Abiti qua tè?" Mondani preliminari, come quando, in futuro, capitato a scopo esplorativo in una balera d'infima (sei studente tu!), sai che devi tacar discorso, col Lei, che coi coetanei ti senti ridicolo, e cominci dici fai: "Viene qui spesso signorina?" o "Le piace questa canzone qui, per me è tògo da matti" canticchiandola in inglese per far vedere che non sei micca uno lòfi; così uguale. "Abito in quella casa lì." "Da molto? Io è già un po' che sto qui e non avevo visto ancora nesuno. Come ti chiami tè?" E da lì si entra in tutta una serie di confidenze che comprendono, oltre al nome, scuola grado età e numero di matricola. Si saggiano le letture, predisposizione ai giornalini e quali, gusto sul cine magari qualche film di bòssoli degustato recentemente, eventuali conoscenze in comune che non esistono, in quella sterminata metropoli. Poi ci vediamo domani, è già tardi, inizio dei tanti ci vediamo che sparerai per anni. Prima di salutarsi, con la gioia di aver trovato Venerdì, un nuovo amico, quasi soprappensiero la domanda finale: "Vèe'! tè per chi tieni?" "Bartali," lo sventurato rispose. "Bartali?! Come Bartali?" Ma sai in cuor tuo che non si può avere tutto, nella vita.

Si chiama Franco, ma si scoprì che in casa qualcuno lo chiama Ciccio, e fu Ciccio per sempre, certe occasioni non si devono perdere, anche se era alto e magro, di curiose letture, di strana andatura scalcagnata. Fu il primo, ma presto cominciarono ad apparire gli altri, da ogni casa sbucava qualcuno. Arrivò un gigante umbro ma non era più tempo di distinzioni etniche, e la curiosa pronuncia era quasi vezzo distintivo, eravamo tutti nuovi, trapiantati come cipollotti in un orto. Era lì attirato dalla stessa minétta di cui avevi deciso d'invaghirti, la morettina scodinzolante che abitava nella casa di Ciccio, e come cavalieri antichi fu deciso di non lottare, vinca il migliore, anche perché l'umbro aveva manifestato certi suoi interessi per tirare di boxe, e non era più tempo di conquistar territori e fama a forza di braccia e cucchi. Arrivarono certo Pier e tal Paoletto, e a Pier i munifici suoi gli avevano lasciato tenere un garage come club, nel quale accedesti trionfante per meriti di armonica a bocca che anche loro avvilivano. Avere un club è tògo da matti, anche se è poi consistente in un'unica stanza che prende luce dalla porta; è un posto di grande importanza, un posto tutto nostro dove scrivere sui muri frasi di grande audacia, interesse culturale e fine umorismo, tipo "L'abuso dell'ùso del buso lo rende in disuso" o "L'uso sviluppa l'organo", fotografie di attrici avvenenti, targhe stradali cucate qua e là. Quella delle targhe poi non era facile subito, soprattutto quando il club cambiò di sede ed ebbe in sorte un'ex sala da ballo abbandonata, che era stata del padre di Pier che aveva due cinema, e quella naṡa rotta non solo usufruiva di quelli come e quando voleva, ma aveva tessere a gratis per tutti gli altri, e noi a dover raspare su sempre la pila, il che la diceva lunga sulle ingiustìzzie umane, che la normale paghetta svaniva misteriosamente di botta appena te la elargivano, e al lunedì eri già in duomo. Comunque in quella enorme sala c'erano tre stanzette in fondo clubbàbili, e oltre ai normali arredi tipo le cose rimediate nelle varie soffitte sapevamo dai film che un luogo del genere deve essere pieno di scritte sui muri (e fin lì poco sforzo, che c'era anche un certo Bonvicini che per fermarlo di graffire bisognava abbatterlo) e decorarlo di trofei di targhe e insegne conquistate sul campo in giro per la città, che anche per camera tua, come i coetanei americani degli stessi film, era di grande toghità mettere sopra al letto un "Parcheggio vietato" (anche se un "No parking" sarebbe stato meglio), o un "Consumazione obbligatoria" sull'uscio di detta stanza. Si aumentava automaticamente in considerazione sociale.

Così si partiva al sabato sera pieni di pinze tenaglie cacciaviti, in caccia, terrore dei lavori in corso, giustizieri dei parcheggi A.C.I., uno dei quali fu divelto tintinnante a due metri da una gaffa, che un complice impegnava con immaginaria delucidazione stradale. Ma il massimo fu una targa di marmo dal peso di alcune tonnellate recante l'enigmatico "Esperanto Klubo". Si riuscì a togliere l'ingombrante "Esperanto" e il nostro locale si fregiò gloriosamente dell'insegna rimasta e fu Klubo per tutta la sua breve ma intensa vita.

Era insomma nata una compagnia, che è ben diversa da una banda di mas'cini. Una compagnia è fatta da ragazzi adulti sui tredici e oltre, che non giocano più coi fifi o i coperchini o fanno metti collezione di francobolli, ma brandiscono carte da gioco sputtanandosi anche fino a due gambe a poker o pigugno, bevono un paio di pistóni di lambrusco e si fanno un salame ciufato da qualcuno in casa per finire poi in bella belezza con una regolamentare gara di rutti o a chi ce l'ha più lungo, cose che danno prestigio e onori, se non c'è il solito gàggio che prende la balla e sta male. Una compagnia è un gruppo di ragazzi che si ritrovano ogni pomeriggio alla stessa ora, rompendo la noia del momento con un'improvvisa sfida a żibaldóne, o decidendo di debragare Ciccio e gettargli esse braghe, nel frattempo divenute lunghe, su un càmmion lanciato in corsa commentando allegramente mentre automezzo e Ciccio in patàglia si allontanano all'orizzonte e il giorno dopo saprai che è riuscito a recuperare il tutto solo, chilometri dopo, alla Chiesa del Cantone, quella di Santa Rita. Una compagnia è maràglia tògo che nottetempo ciuffa targhe. Insomma una compagnia è un virile patto sottinteso fra gente matura e responsabile, che ha ormai chiare affinità elettive e visione del mondo. Ecco perché quando arrivò un altro, Mimmo, e si presentò a noi gridando: "Squikki!" lo guardammo come si guarda un sémo. "Cos'è quel lavoro lì?" fece uno. "Squikki," ripeté lo sciagurato, "è il grido dell'Aquila Dorata, mio animale totemico e mio grido di battaglia." Seguì un certo qual sconcerto, da cui ci riprendemmo tosto mandandolo gentilmente ma fermamente a dar via, senza alcun indugio, il culo, lui e la sua aquila dorata, che se credeva di aver a che fare ancora con dei mas'cini si sbagliava. Eravamo una compagnia seria, noi, che non solo debragava a bel modo ma che discuteva ferocemente di sesso (le donne, oltre le amate angelicate, sono tutte scàglie?), religione (esiste Dio?) filosofia, politica, con posizioni che andavano dall'estrema destra rifiutata ma compresa (Ciccio diceva che suo padre l'avevano steso i partigiani per scambio di persona) e una sinistra confusamente moderata. Si precisavano le tendenze, e alcuni naturalmente svanivano inghiottiti nuovamente dal mondo, altri si affacciavano e si conglomeravano. Ascoltavamo musica naturalmente americana, che l'opera lirica dei padri ci induceva ad un fermo rifiuto e a gioiosi conati di ripugno, e fra il già prescelto Paperino di Barks dei giornalini, riconosciuto fra gli apocrifi a un metro di distanza, e Gèrom e Udàuś, c'era chi, più avanti negli studi, rompeva i maróni con le scoperte poetiche, tali da imparare a memoria al cor gentile e śbliśga, perché le nostre concezioni d'amore non si discostavano poi di tanto, i ciclisti erano ormai dimenticati e tenevi per una mina, che se no eri uno di quarta, e se Ciccio ti diceva che aveva visto tale Cabassi, vile apprendista sartore che, al buio del portone, era stato colto in apparente amorosa amistà con la tua adorata, lì che la ciuciava (ma sarà vero? Perché anche Céncio sosteneva di vedere ogni sabato la signora del palazzo di fronte che, anche in pieno gennaio, si abluiva nuda a finestra aperta!) dopo il pugno allo stomaco iniziale che avevi sentito, roba da s'ciancarti in due, ti riprendevi bellamente dicendo che tanto LO SAPEVI, avevi fatto oggetto dei tuoi pensieri un essere angelicato solo nella tua fantasia, perché era universalmente noto come le donne fossero poi nella realtà delle infami tròglie lussuriose, delle scàglie infinite, e che il tuo difetto era di essere troppo sensibile, troppo spirituale, non adatto sicuramente ad un mondo così bieco e materiale, concludendo magari il tuo dire con un pensoso sottolineante rutto da 105/22 a suggello.

Si era in quella penosa età di mezzo dove i confini si allargano e si restringono ogni momento, e qualcosa turbava quelle gioie semplici e normali che ci erano parse così naturali e senza fine un attimo prima. Il sottile piacere di debragare Ciccio sfumava, e scomparve, perché lasciava in sé un qualcosa di inappagato, come di tempo gettato via. Si cercava di capire, si frugava, si sagattava a tentoni. Ma la musica finiva lì, non solo gèz, anche quella classica a casa di Ciccio che ciavéva il giradischi, che le prime volte ascoltavi per fare il fighétto, per dire poi ero lì che ascoltavo la tocata e fuga, ma forse quella di Suàizer è un po' troppo romantica, spaccandoti magari orrendamente, poi ti accorgevi che invece ci avevi preso gusto, ma non c'era qualcosa che andava avanti, non tornavi più a casa stanco ma felice, come se si cercasse sempre un qualcosa che non si afferrava mai. Perché la gioia del cine si trasformava nell'angoscia della solitudine e dell'impossibilità di comunicare, appena tornato a casa? Anche i libbri, che spesso parlavano di una vita che non avevi. Perché ad esempio, la vigilia di natale la gente non era mai così felice come leggevamo? Magari stavano bene, pensavano alle magnate, o andavano alla messa di mezzanotte nel freddo nebbioso della città, certo, ma non erano in giro per strada a cantare canti natalizi come nei nostri prediletti Dickens e Barks dove queste cose succedevano a iosa. Non indossavano sciarpe reggimentali, o cappellucci di lana multicolori. Cosa c'era di sbagliato nel mondo e in quella Città della Mòtta, i cui confini una volta erano così vasti, tanto da dire vado in città, come le mamme quando andavano in centro a piedi, e ora che alla sera aspettavi il branco per fare quelle vasche del portico del Collegio in su e in giù le cento volte, in un soffio eri già andato e tornato, e il panorama era sempre quello, pesantemente lo stesso, penosamente lo stesso.

Quali fantasmi ci opprimevano, o stavamo inseguendo?

14.

Poi uscivi di casa, ci fossero, metti, fuori, le nebbie che già coprivano tetti e scompigliavano asfalti e tratturi e grondavano piogge fini su catrami e rugginosi bidoni e su parabrezza delle ancora rade auto e su vetrine e sfilarate d'alberi improvvisamente rinsecchiti (ma non avevano foglie, in primavera? perché così crudeli, dopo?) e facevano solo immaginare, più che mostrare, da fuori dei portici, il consueto solito usato famiglio ed abitudinario panorama. A dire, la Città della Mòtta, lì attorno (per Carpi-Suzaramàntova si cambia, va da sé). Stringiti pure nel paltò col martingala, sospira e guarda in giro. C'era "Sugherificio Carèddu", nome sentito esotico ma non sviscerato appieno, e le fauci del mercato Orto!-Frutìcolo, spalancate ad ingoiare frutta che sfuggivano per il loro costo esorbitante, irraggiungibile, e le cataste del legname dei Goldoni, assi e mattonelle, di fianco la loro villa Liberty (e lo saprai dopo, ciò, dello stile, che sembrava un po' di quarta, allora) con pavone o gru con immane coda a mosaico dorato sulla livornina della porta, e la villetta più moderna dei Pelagatti, commercianti anch'essi, già sogno intravisto di diverse economiche possibilità, così spaventosamente più ampie. Per dire, anche un etto di prosciutto in tavola, volendo. C'era, c'era sempre, tutto questo. Ma l'America, dov'era?

O lascia pure che ci fosse neve di pioppi, e primo tepore su respiro a trombetta di giovani mine annuncianti primavera in squittii e gridolini ondeggianti di intonsi e sodi culi mottacensi al vento, e false ritrosie che solo dopo impalmate appieno te la dò, e te la darò anche troppo, intanto fatti una posizione, una qualunque, il mio gàggio, e intenzioni serie da venire in casa, dal mi' babbino, prima appena solo un poco, mas'cio, un ciuciòtto in bocca e via, solo l'odore, erezioni da urlo e sembrava il massimo, il presagio delle future lascìvie e sdilinquimenti, in venire continuo e urlato nelle Prime Notti Regolamentari, fra Firenze Roma e Venezia, ora solo la pastura, token, nonscialante, nelle Ferie d'Aprile verso i Baraccóni in giostra di musiche alla moda (e che mode!) e pianciane di legno e ruote di calcinculo e follie di neon e d'autoscontro e zuccherofilato vaporoso in stecche nubeggianti (quasi, davvero, America!) e puncingból da pugno proibito (da chi?) e fucili a piombini contro muri di latta segnati da tutti quei palini (come quelli che ogni tanto inghiottivi nei piccioni del Tiroalvólo, comprati dalla tu' mamma perché costavan meno) vomitati dai fucilini ad aria compressa, quasi rimpianto del moschetto-balilla, come sentirsi più verdaderamente macho, se ci becchi, e vieni nella foto, con l'occhio stricato nell'aténta mira (in primis, la grana, avércela, e i tuoi coetanei allo sgòbbo ce n'hanno più di tè, vacca, anche se tè sei d'altra classe sociale, e ne isperi maggio nel futuro) e le ragazze del tiro a segno tua età ma sguardo già truccato, apparenti disponibili giovini tròglie, che forse coi più grandi ci stanno, con tétte in fiore e in fuori tenute su da mai più visti reggitétte a balconcino dòrico (o iònico?), che non vedon l'ora di buttartela lì, micca come le mine in classe con tè, o le tue compagne around, le stronzine delle festine, e non spegnete la luce, e se spegnete la luce vado via. "Vuole sparare giovanotto?", "Be', a mè giovanotto?" Trach, passato di grado. "Si vede che m'ha visto, che sono un giovanotto," come sognare di fuggire con la giovane trapezista del circo di provincia, gambe muscolose poche tétte e culo di marmo, tu cosa potresti fare, no il clown, il lanciatore di coltelli cresciuto ad Amsterdam?, e tè che le dici, nel primo albergo di quarta incontrato (ne sai immaginare di più tògo, che non sei mai stato in uno? forse roba da film), sistemato il poco bagaglio, i maróni la prima notte, che già l'hai presa posseduta da quel po' (non resisteva, lei, l'hai visto subito) appena fuori dalla tenda, apéna finito il numero: "Hai mai letto, in gioventù, Cino da Pistoia, sì o no? Dante l'Inferno? E.L. Masters, ma sì, quello di Spoon River?, forse Villon, Verlain e i suoi lunghi singhiozzi di violini autunnali? Ma potrò insegnarti tutto, non temere, mia cara" e immediatamente a seguire: "Ora guzziamo come forsennati, no? Sei anche, metti caso, contorsionista?". E tre palle 100 lire i maróni, e tutto. Ma l'America, dimmi, dov'era in tutto ciò?

O nell'inizio dell'estate appena intravista, abboccata, nuotate in Panèra e ozi baristici, stravaccato sulle seggioline del bars a strisce di plastica multicolore intessuta, violenti pigugnini a seguire, consumare zero, in attesa di scappartene via subito, e non si parlava di vacanze esotiche, chi ciavéva ciavéva, come metti Ziobìch una casa a Riccione e tutti loro ad andarci con l'autostop e io quel po' di montagna ancestrale coi miei amici bolognesi-bizantini più fighetti davvero, meno rozzi e padani, e a rivederci alla fine di settembre, con storie e barżale nuove di-città-più-tògo e le prime sighe esibite, back again, fresco di liro montano, a caricatori interi, le sighe, a volte anche di contrabando, una Camel, o (udite, udite!) una Chesterfield o una Lucky, tipo: "Èeee, ormai credo d'aver preso il vìzzio" e dopo piangere fra le fumane, ritornato in forzosa astinenza, e tutto, e vai pur a dire: "Vèe, mago, mi passi il cico, mi dai un tiro?". Poi la scuola, alzarsi alla mattina, e nebbie che già coprivano tetti e rastrellavano asfalti e grondavano slinzate uggiose su catrami e su parabrezza delle ancora rade auto e su vetrine e sfilarate d'alberi braccia al cielo (ma non avevano foglie, pocanzi? perché così irridenti, dopo?) e facevano solo intuire, più che mostrare, da fuori dei portici, il consueto solito usato famiglio ed abitudinario panorama, se non in mezzo a lande di freddi che ti staccavano le orecchie, soprattutto quando il solito mécco ti sparava un cricco alla traditora, da staccartele, da urlare di pena, da piangere.

Sì, ma żiocanta, l'America, dov'era?

Uscivi dal cine, d'inverno, sbattendo gli occhi alla luce rinnovellata, se avevi trovato le maledette tre o quattro gambe, o prestate da un amico improvvisamente munifico, perché il maledetto film *lo dovevi vedere*, vacca, o di cosa avresti fabuleggiato nei giorni che ti attendevano, e quando lui dice, a l' fa, e quel colpo tògo là, vacca s'è stato tògo, e ti giocavi una paghetta che ti avrebbe fatto andar via frusto a frusto l'intera semana a venire, pago satollo nel cuore ancora pieno, pieno?, bombè, di amori e malinconie e favole non tue, un plagio mai visto, come addirittura gli altri prima di tè, a chiamarsi, in guerra partigiana a schioppe e stèn con fasci e crucchi, non Gigi o Gianni, ma Bolero, e Bob, e Tirone, uguale, e tu, rientrato sotto a quei portici infami dell'infame Città della Mòtta, quel po' di via Emilia, quel po' di via Farini, le statue onnipresenti ed eternamente asciutte della

Secchia e del Panaro (e no, che so, del Kinnickinnick, Pennsylvania) via a casa, nel deserto di gente calato di botta violenta come un carro da undici, improvviso, raggelante. Il ponte della Pradella, e tutto era stato così tògo (sogna, gàggio, e domani c'è inglese, e tu, non illuderti, non lo parli di lingua madre, e il latino l'hai appena guardato, o la Baiadera profesora ti attende con il terrore della sua matematica) e via Ciro Menotti (patriota modenese, bravo il mio gàggio, che era anche di Carpi, direzione Sużara), ed un'inutile periferia che si perde verso la fabbrica della Maserati. E il letto è lì, nella stanza non riscaldata, e buono che sei riuscito ad uscire, vai allegro, che domani devi alzarti, żiocanta.

Ma l'America, la Santa America, dov'era?

Non c'era no, non c'era, l'America, nella Città della Mòtta. Egli ci potevi trovare ciclo a non finire, malinconie da dopoguerra, paltoncini smunti e supponenze d'eleganza domenicale, mine cotonate e strette di gnocca, o forse passabilmente larghe, ma a conoscerle, le chiavi per aprire, che se pensi alle occasioni perse ti vien voglia di sbragare incòṡa ancòggi, pantaloni con la riga stirata o meno e cravatte da sotto maglioncini col collo a V, scarpe nerolucido, con la punta incisiva, puntata verso il futuro, le poche volte nuove nuovente, e allora morse e dolore, di malditas nuevas zapatas (no Emiliano, che non collegavi) e le povere mine a letto presto la sera, quasi senza tivu, e balli economici, giacche incredibili oggi e braghe da urlare e banchetti in piazza coi fiati dei piazzaroli dietro gli scaldini colmi di braci e sciarpe al collo, e giri di chilometri per risparmiare dieci lire su un etto, e dieci lire una Naz. semplice, e quei quattro portici del centro, su e giù, giù e su, coi discorsi mai rinnovati, e i sogni tesi all'infinito che si fermavano a porta santagostino dove il sole ti stendeva d'occidente e viola, quando il verano, o verso una già intravista Bologna, a est, le mille luci di Bologna non avendo non dico Niuiòrk ma nemmanco Milano.

Dov'era l'America, coi suoi whiskey a strafogare (ghiaccio volendo, ma a me straight, please, baby!), e bluṡ da mane a sera, picchia sul piano, MI, MI7, sospeso come d'attesa di qualcosa che deve arrivare, poi giù, in LA7, con quel sol biricchino, e certo béibi, con lui che è un po' così, stronzo, pagando, ma poi lei scopre che ha l'anima poetica (come tè, preciso), forse le circostanze lo han così reso, suo padre non lo capiva (e il mio, mi capisce, vacca d'un cane?!) e lei poi alla fine va con lui, s'intuisce che guzzano (non te lo fanno ancora vedere, forse nella versione francese) mentre quella mia, gnocca di gesso ma adorata, ma sognata, che l'impalmeresti quell'oggi istesso, non ti guata un secondo che è un secondo.

O santa, beautiful, stupenda america, perché, di tanto, inganni i figli tuoi?! Noi che conoscevamo i tuoi paesaggi magici, e quell'Autunno in Vermont, moonlight o no, carico dei suoi colori giallo rosso oro, lo sapevamo meglio degli americani in persona. Vecchio oro consunto, credo in fondo al viale, recitava Oscar Wilde nello scolastico Fantasma di Canterville; come sarà l'oro consunto?, le foglie ammucchiate in fondo al viale, nel giardino dietro casa, ti do un dollaro se le scopi tutte, piccino, e lei, che ti ama, corre sul retro e ti porta un bicchiere di latte (be', e il whiskey?) come se fossimo tutti vissuti da sempre in una manshion house con un viale, a cui arrivare in fondo, o in piccole-grandi case monofamiliari fatte a tavolette sovrapposte e pitturate di candido bianco, e un neighborhood lì d'attorno, con distratta confusione fra l'America, quella Santa e Vera, e l'Old England (non parlano uguale?).

E metti pure sulla piastra Bernie's tune, chi ce l'ha, la piastra, (faf-fovà faf-fovà faf-fo-fa fo faa và) ma ad ascoltare il pezzo del vecchio Mulligan (buon vecchio Gerry, fatto di coca fino al culo, brivido del peccato non consumato; si mangia, si beve?) non c'è la mina col plaid vicino a regolare caminetto con legna (di hickory, ci scommetti?), non ci sono Bob e Janet e quella cugina venuta da Chigago che lì per lì non sembra, e poi cià le tétte anche lei, e che tétte, ma solo Ciccio, e Pier, e Dodo, e Paoletto, e poi vai a letto presto che domani la scuola ti espéra, per mangiarti, consumarti e incenerirti, centesimi in un ruscello o chissà cosa i màrrons, in un inglese appena masticato e bevuto ad ogni parola, forse sbagliando, compresa. Yes, OK, Texas, Pecos Bill, gièz, scala pentatonica, e il vecchio suonatore Jones, che giocò con la vita per tutti i novant'anni.

Nord e sud un casino, Alabama e Connecticut mescolati in jam, domani è un altro giorno, mia cara, e come sorride benevolo il vecchio (micca pugnétte, è Morìs Scevalié, che, si suppone ora, parlerà con stupido accento francese per onore degli americani, che pagano in greenback dollars) e lei, Lilì la Dolce (è il valzer dell'organino, piccola) che sorride sperando verso le Miniere di Re Salomone, domani è davvero un altro giorno, Lassie torna a casa e i negri parlano con curioso accento, ma non siamo razzisti, solo un po' buffo, son così buoni, e ciànno uno suìngh, che basta che in un localino son lì che puliscono e uno trova il piano e si mette lì e picchia, e dopo un altro scova un basso e la cameriera canta e quelaltra balla che come faranno, sembra che non abbian fatto altro da sempre, solo parlan buffo, e parlavano così anche sul Corriere dei Piccoli, e quando viene Natale si fanno doni fra tripudi di agrifogli (pianta, ovviamente, solo americana) e diluvi di vischio, che sotto si baciano, e cantano caròle e intrecciano gighe leggiadre, o sono irlandesi, e bevono birra (no la Rонżani o la Pedavena) e fanno a cazòtti in paesaggi stracolmi di ruscelli e di èrica a balocchi, o sono tutti inglesi, amici di Dickens forse, e scompaiono, come di sogno, a Brigadoon, se non quando a Shangri-la, con le musiche in composite colonne sonore che ti fanno quasi piangere, come nel passaggio da DO a MI minore tipico della Cornovaglia, verso le bianche scogliere.

Ma l'America, quella vera, dov'era? Noi che non avevamo giacche del College o della High School, con scritte dove normalmente e ovviamente le scritte devono essere, on tabacco road, sulla schiena di giacche multicolori di una gioventù bruciata che avremmo pagato per esserlo solo un poco, mio padre non mi capisce, e il nostro che ci capiva anche troppo, noi senza taglio crew cut (all'umberta? vuoi scherzare?) noi del tortellino a natale, e fosse stato cotìdie, noi avviluppati da fumi di lambruschi altrui, e da vendemmie ottobrine di sughi e sape, noi di pesante accento padano, con gutturali longobarde, e celtiche vocali strascicate, noi volgari, grezzi, rozzi, primitivi, pesanti, ignoranti, infoiati, provinciali, tristi, melancolici.

Ma gażo, ditemi voi, voi spiegatemi, l'America, quella dei film, dei libri, delle canzoni, delle storie sentimentali a lieto fine, di quelli che ballavano per caso e schienavano qualunque punta e tacco di tutte le perle azzurre, e settimi cieli, e florida, milleluci e arlecchini e copacabana (dove la notte implacabilmente era, doveva essere, regina e sovrana), e i besame mucho, i delicado, beghin dé beghin, quella dei negri piantatori di cotone coi magnati a quadrettini con il sigaro e il bastone, che lo piantavano i maróni, lo tiravan mò solo su, quella di quell'incredibile scala di clarinetto che (si diceva sussurrando il segreto a mo' di cospiratori) era praticamente ineseguibile, quella di lui che vuole suonarlo, il clarinetto, o il piano; e i suoi non vorrebbero, ma lui è testardo e poi diventa ricco e famoso. Quell'America lì, dov'era? E tutti, tutti, che dormivano, dormivano, dormivano sulla collina.

E noi le cercavamo, quelle giacche di College inesistenti, e i 501 sarebbero stati come manna nel deserto, sorbettando magari una coda-di-gallo alla sbarra, ascoltando le Tristezze di San Luigi, genoani fustagni cerulei, color ìndigo, pallide imitazioni locali di quelli che i duri workers d'america tutta portavano poveramente (non capivamo, non sapevamo), su e giù per quei portici maledetti a scrutare una copertina di libro, un odore di disco, i risvolti alti e le targhe sciocche attaccate al muro, come se avessimo potuto posare tutti in un album di fine anno, non coi Leonelli, Venturelli, Prati, Giacobazzi, ma accanto ai Ruhl, ai Shulman, ai Randazzo, ma solo perché Johnny, non Giovanni certo.

Non avevamo mazze da baseball, né berretti dalla lunga visiera: l'america stracci ci forniva di divise che gli anziani guardavano inquieti, perché l'epoca nuova stava arrivando; e non lo capivano, e non lo sapevamo.

Dio d'un dio, dov'era l'America? Non in corso canalgrande, non in canalchiaro, in rua fioppa o in rua muro, non nelle nostre prime timide chitarre, di legno o elettriche con amplificatori da un vat e mezzo, non nei racconti di hemingway o nella nostra amica che aveva la nonna inglese e fu immediatamente omologata, non in suo fratello giazzéro, non nelle band di jazz spuntate a pacchi, non in certe case di bologna che sembravano così tanto più quasi milanesi e quindi più americane, non in armstrong, kid ory, jack teagarden, il modern, gerry mulligan, the five brothers e chet baker che quasi mi crollò addosso, in anni così vicini e lontani (c'era anche sanremo) sotto il peso di una clamorosa anticipatrice pera.

O America della mia adolescenza, meglio ancora di quella di dylan, o America di caldwell e steinbeck, non ancora Amerika, con gli indiani ancora cattivi, della corriera stravagante e del 42° parallelo, america on the road, di life, di pubblicità di sigarette misteriose che noi cercavamo di acquistare il sabato pomeriggio per le festine della domenica, e ci sembrava di acquistare coca, dai contrabani in piazza grande, o america sognata lungo quell'asse cartesiano del nulla via nulla, o odiata città della Mòtta. Per Carpi-Sużaramàntova si cambia.

O America stronza, che eri lì che c'eri davvero, e non mi dicevi nulla, e non mi spiegavi gnénte.

15.

La ciclo è detta in tante guise, bici ad esempio, biciclèina in volgare, bùrtel, spìcciola, o persino bicicletta, volendo. Puoi uscir fuori con un velocipede, o delirare col cavallo d'acciaio, ce n'è di nomi, ma certo ciclo è più tògo, dà subito l'idea, cich-clich-clach, come fosse lo scatto di un congegno preciso, infallibile, del rocchetto dentato che, facendo girare la catena, ingrana maglia dopo maglia e tira, col pignone, la ruota motrice, di tè che ti inarchi sulle pedivelle e metti in moto il complesso e geniale meccanismo, prima titubante, poi sempre più deciso, della pedalata possente e delle ruote che volano e mordono. Della ciclo, appena la vedi, balena subito l'importanza di saperci andare su (e tè non ci sai ancora andare, ma non per molto), una di quelle cose che nella vita sono tappe che a poco a poco dovrai raggiungere, per essere non un gàggio qualunque ma qualcuno che la sa affrontare in tutta la sua compiuta e sempre più complessa difficoltà: andare in ciclo appunto, nuotare, imparare a ballare e metter su la mina, ma queste ultime più tardi, c'è ancora tempo.

Le strade sono piene, di ciclo, e alla domenica la via Emìglia si riempie di dakòta, appaiati anche in file per sei, che la tengon tutta e vacca nesuno li sposta, e sembran la donzelletta che vien dalla campagna, tutti tacati di tappo nuovo il dì di festa, e i dì feriali s'cìcclano allegri su e giù i garzoni con l'ampia cassetta colma di pani o frutte e verdure miste ed altre varipinte derrate pogiata davanti al manùbbrio, e passano compassati in tabarro e cappello i vecchi contado che vedi solo occhi a faro e cappello in alto e ruote sotto, tutto il resto è tabarro avvolgente, e pure tuo padre va a lavorare in ciclo, ma anche il professor Di Brella dell'Ospedale che è un grande profesore di qualcosa da dotore va a lavorare in ciclo col doppiopetto blu e un capello in testa diverso che si chiama lòbbia e la cartella di cuoio (di primadelaguèrra) infilata nel canone e l'ombrello legato anch'esso parallelo al canóne e addirittura non i comuni e popolineschi ciapétti, ma appositi ferretti all'uopo forgiati gli stringono le braghe col risvolto, perché anche se cià il càrter non si sa mai, la Santa Braga si può sempre ungere, e coi suoi ochiali d'oro e i baffi argentei pedala con il busto alto, ben ritto in sella, che quello è il modo elegante d'andare in ciclo, perché di solito la Gente Grande ci va così, c'è un suo galatéo anche lì, non come noi mas'cini che sgugnamo, il corpo parallelo alla canna, quando c'è, e la ghigna quasi appoggiata sul manùbbrio, come se cavalcassimo una Guzzi o una verdadéra Giléra lanciate in corsa. Quelli più grandi no, che diverso è lo stile dei più grandi: loro pedalano distrattamente, come se fossero da un'altra parte, e non tengono le mani sulle manopole e i freni ma in mezzo al manùbbrio, se non quando, come spesso, van via senza mani, che lasciano mollemente abbandonate lungo i fianchi, togliendone una solamente per allontanare la sigaretta dalla bocca e sbuffare pigramente fumo, fischiando oziosi solo me ne vòo per la cità, lo sguardo non alla strada ma al panorama, che sembra sempre di grande ma struggente bellezza, specie se c'è delle mine lì d'atorno, a guardare. Ma in un modo o in un altro sembra di poter immaginare tutta la pianura atorno a tè (dall'Appennino alle Alpi, e duole non siano le Ande) solcata da alacri ruote in isplendore di raggi lucenti, un continuo muoversi di gente che va su e giù per le strade e gli stradelli e le cavedagne e le piste e gli argini che altro che i Conestoga Wagon, e i borghi son pieni di mecanici che smecànicano e vulcanizzatori che vulcanìzzano, prima ancora che apparissero le Vespe e le Lambrette e tornassero ad inventare le macchine; unico lusso allora, dei ricchi-ricchi, i Cùccioli e i Moschito. Le ciclo (chi ce l'ha ma non tutti ce l'hanno) si tengono in casa, nell'ingresso pronte all'uso, perché se fai tanto di lasciarle giù un momento le cùccano, che adesso vacca d'un cane rostìscon tutto uso ridere. Mia madre ha un'agile e leggera Legnano da donna, che diverrà poi tua per usucapione, e mio padre una cosa colossale e antica, quasi monumento equestre, ancora coi cerchioni di legno che c'è un po' da vergognarsi a andare in giro con quella adesso, tempo di Legnano appunto, e di Atala Torpado, e di Bianchi, di Benotto e Dei, di Bottecchia, Màino, Ligye, Olmo, Cinelli, Villa, Wolsit, e ha un sedile largo come piazza Darmi, dice mia madre, e un fanale che quando funzionava (probabilmente prima che ci scancherassi dentro io per agiustarlo) non ci sarebbe più bisogno dei lampioni in strada che tanto noi mas'cini li sbraghiamo sempre a ṡ'giaronate, che su quella ciclo se lo ricorda ancora quando arrivava in fondo alla strada a Carpi a moróṡo, pròpio su quella ciclo lì, che si vedeva che era uno amòdo, che era così distinto anche in bicicletta che non è micca facile, ma si capiva anche da lì che era anche una persona fine, soprattutto perché non si fermava come tuo żio al vespasiano all'angolo, che è un pisciatoio, via, perché veniva a moróṡo con tuo żio e lui si fermava sempre anche lui, per cortesia, ma aspetava solo, poi ripartivano e arrivavano al portone, che via, scendere e salutarsi col darsi la mano è un conto ma se ti sei fermato al vespasiano è un altro, vuoi mò mettere! Anche da lì si vede se uno cià della finezza, dentro, anche se è un montanaro.

Le ciclo però posson essere come ti pare, ma nella Grande Organicità Linnèica Ciclòide si dividono in due grandi categorie, e cioè A, quelle che un mas'cino ha in dono con naṡa mai vista da uno żio sicuramente d'america che non si fa compatire per la prima comunione regalando penne o paltò che sono sì regali utili ma che due maróni, e va via con quelle ciclo lì che quando lui arriva giù e te le fa vedere ci caschi sopra di stramazzo violento perché è quasi da corsa, col manùbbrio tutto diritto, i freni, esempio di indicibile modernità, a filo, di colori quasi argentei o d'oro, il cambio Campagnolo che non si sa bene a cosa serva ma è tògo avercelo, e dei tubolari col bordo interno bianco legeri legeri che va be' è più facile forare ma vacca s'è tògo, vacca d'un cane, e a mè gnénte, anche se guardi il tutto con grande distacco mondano e dici fai "Tògo!", ma senza dare a vedere, che quasi non dici neanche "Mi fai fare un giro?" che tanto lo sai che non te lo fa fare perché mia mamma non vuole ma sua mamma non vuole poi i maróni che è lui che è una gràan tròglia, che ci venga un béne, altro che balle.

Giustizia divina vuole però che dopo un po' anche la ciclo A si trasformi nel tipo B, cioè poi la ciclo normale, che è una qualunque ciclo delle marche suddette ma per esempio il pedale ha perso i pistolini di gomma e si riduce nel solo lucido acciaro del ferro portante, nel campanello manca la campana superiore così come in almeno una delle manopole il rivestimento di bachelite s'è involato, la dinamo non va o s'è fulminata la lampadina del fanale e così via bell'andare. La gemma, quella non nominarla neanche.

C'è per verità un terzo tipo, ed è la ciclo del professor Di Brella, misteriosamente tenuta lustra e nuovénta como l'armoar del salotto buono (buono...; quello lì che c'è!) di casa tua il dì di Pasqua, che si immagina opera, tutta quella rilucentezza, di alacri famigli che passano ore se non giorni a manutenerla, con amorosi olii meccanici e soffici lànei burazzi, ma è un tipo di ciclo che non fa razza, un unicum irripetibile, citato solo per amore di verità e completezza.

Si deduce che si può fare praticamente tutto, in ciclo, anche i Grandi Trasporti. La città è piena non solo dei normali s'ciclatori da diporto, ma vedi anche cariche inverosimili che girano su ruote, puttini nelle cestine davanti, che se lo mettano subito nel sangue qual è il mezzo di locomozione principe, passeggeri vari uno sul canone l'altro sul portapacchi, pezzi di mobilio di media cilindrata da trasloco, tipo comodino o tavolinetto a tre gambe, misteriosi carichi di fieno (in cità?), lunghe tavole di legno, tubi metallici di varia guisa, damigiane, casse di mele o pere o uva; tutto. Quel primo anno giù nella Città della Mòtta che andammo a comprare il vino da quel contadino che ce l'aveva detto lo Żiovàlter, mio padre aveva preso a nolo quel triciclo che cià dietro la ruota coi pedali che spinge e davanti una specie di cariolino per caricarci su le damigiane e allegri uscimmo dalla città con mio padre al volante e io e mia madre dentro, come in spàider, e quando fummo in campagna che alora ci voleva poi poco arivarci che la campagna era lì subito, provai anch'io a pedalare che con tre ruote è più facile e non ti scaravolti e mi venne voglia di imparare. Mia madre disse ti insegno io che lei diceva andava in ciclo che non era neanche nata e con quella da uomo poi che per sgugnare doveva passare la gamba di traverso che è una cosa d'un equilibrismo bestiale e una mattina mi prese con sé per andare a Vaciglio, località di lontananza drammatica, tre/quattro chilometri, e scoprii che t'insegno io era poi monta su e pedala e non cascare, che per un po' andavo anche via ma appena vedevo venir qualcuno o muoversi qualcosa nel raggio di miglia frenavo di botta e smontavo perché l'arte della bicicletta non è scienza infusa e crollai al suolo nel mezzo del crocevia che figurati tè a Vaciglio ma per lei sembrava mi fossi scaravoltato a Broadway e fui a lungo insultato per lo spavento provato (da lei) e le presi anche, per terra con ciclo sopra, perché non si capisce come le mamme che si spaventano perché stai per farti male poi, se te la ṡgabèlli o per pura naṡa o Angelo Custode che sia e non te lo fai, del male, te lo fan poi loro. Móo?! Sarà per ristabilire l'ordine cosmico.

Mio padre fu più virile, e quando lungo uno stradello di campagna, che già dopo l'incerto inìzzio provavo addirittura alcuni audaci colpi di breve ṡgugnata, l'amaro destino mi fece scorgere, di lontano, un càmmion che arrivava e finii nel fosso con la SUA, di ciclo, ma egli si limitò a lungo insultarmi e a farmela pulire tutta dalla ṡmalta anche quella, e queste son belle ingiustìzzie, che per mè c'era già da prima, che non era MAI STATA come quella del profesor Di Brella, vacca d'un cane!

Ma dai e dai prima o poi impari, e allora puoi unirti anche tu al gruppo degli altri mas'cini ciclisti. Si procede naturalmente a gradi: c'è prima il giro della casa in tutta la sua compiutezza, andata e ritorno, poi l'intero percorso della strada, in su e in giù, poi ancora l'attraversamento della via Emilia a piedi, ciclo a mano, per tentare le possibilità ciclìstiche di altri territori. Ma il giorno in cui osi atraversarla a cavallo della ciclo istessa, quella via Emìglia (non senza patemi e terrori, ma SAI che prima o poi devi compierla, la prova), allora sei veramente promosso alla professionalità, e finisce che anche tè riesci ad andar via senza mani e a frenare non stringendo banalmente gli appositi freni ma all'americana, mossa di grande prestigio che consiste nel balzare, in piena corsa, agilmente all'indietro dal sellino stringendo in ferrea morsa la ruota posteriore fra le gambe.

L'orbe terraqueo era allora tuo, senza confini, senza limiti. Ti si schiudevano davvero le strade del mondo tutto, naturalmente soprattutto quando Orione non declinava dal cielo e le fumane si dissolvevano e gli zefiri molcevano e cose così. Alfio il bateraio adiritura poteva arrivare con un triciclo con sopra tutta la batteria completa di cassa e grande piatto d'ottone, e la scaricava là, nel Parco, e abitava in Oregon o Nebraska, no in centro, e si metteva a suonare per la gioia di tutti, ma questo in anni luce dopo. Allora tu invece potevi, metti un ozioso pomeriggio primaverile, metti con Ciccio, prender su in ciclo e andare ad esplorare che so Nonàntola, remota villa campestre, fresco di studi medioevali, la testa colma di Poeti del dolce stile e donne angelicate e di Anselmo, cognato di re Astolfo, che nel 752 fonda l'Abbazia che si sparge tanto che te la ritrovi fra i piedi per anni apena svolti un sasso; e lì, stravaccato su l'erba novella, occhi a nuvole a scapicollo, in mancanza di reale mina come sarebbe stato giusto augurarsi, teso però il pensier a quella che tanto non ti risguarda neanche, la tròglia scarciana, lì comporre leni versi d'amore e d'esistenzialismo violento, di rara bruttezza adolescenziale, su fogli di carta all'uopo portati, perché dato che tanto eri lì non potevi buttar via longobardi e Cino e Guido e Abbazia tutti assieme, uno spreco, che visto che avevi fatto lo sforzo saresti stato proprio un pistolóne a non brancar su l'ispirazione al volo e metterla a sagace frutto, vacca.

Oppure potevi correre a Vignola, dove fiorivano i ciliegi, che magari qualcuna si poteva anche cucar su, ma appena giunto fu un giorno giocoforza risalire in ciclo e tornare, vittima di una colite dovuta forse ad un'improvvisa naŝa mutatasi di botto in ria sorte. A spiegare, fu un ghiacciolo BIF che, miracolosamente, era per ben due volte risultato riportare la scritta marchiata a fuoco, con la quale ne avanzavi immediatamente un altro senza pagare, e te ne eri rimpinzato senza stare tanto lì ad incantarti che erano appunto di ghiaccio che bada bene che se bevi poi tutta quella roba fredda dopo ti fa male, che mi fa male come?, che tanto non ciò mai la pila per comprar gnénte, vacca! Voglio pròpio stare a vedere. Per uno sì, il liro (trenta), poi di solito niŝba, ma per due volte appunto risultò, a BIF quasi ciuciato, apparire la scritta suddetta, e si gridò a lungo all'intervento celeste o al famoso culo cosmico, entità sentita nominare ma mai veramente vista in tutta la sua interezza, se non quel giorno, come quelli che trach acusano uso ridere tre tre, tre due e la pulla di spade.

Il presagio ominóŝo però colpì duro peggio di Montezuma, e giunti nella piazza di Vignola si sentirono, quasi un parto, contrazioni di grande dolore viscerale unite a freddo e caldo improvvisi, del tipo che un freddo sudore mi si ghiacciò sulla fronte madida, che se lo leggi sui libbri è anche tògo ma provalo a miglia e miglia da un amichevole focolare con servizi, ed un impellente desiderio di raggiungerli costrinse (dove andare, dove recarsi, dove porre in pace il proprio disio? propio nel bel mezzo della civiltà?) a saltar su in ciclo e a ŝgugnare como disperato in direzione nord nord-ovest, la mente fisa alla meta che altro che Colombo terra terra.

A metà strada però l'impresa apparve chiara in tutta la sua impossibilità, e abbandonata la ciclo sul bordo della pista si chiese soccorso a dei villici che, stupiti, indicarono con gesto incerto un casottino che sorgeva poco distante.

Fu la liberazione, la luce. Non solo, ma anche lì scattò il segno della Poesia e del suo destino, perché appesi ad un lucido chiodo stavano, ben tagliati e ripiegati, fogliettini evidentemente tratti dal quotidiano l'Unità, ed in uno di questi si leggeva, quasi completa, una poesia di un ancor oggi misterioso e proletario poeta russo, un'"Ode al trattore" che fu assorbita di bel gusto, e la giornata si dimostrò non sprecata.

Ma la ciclo ti permetteva anche di raggiungere Panaro per snadrazzare, salvando anche dai flutti più o meno perigliosi un amico o due, soprattutto quella volta Céncio il nano che, costruitasi come noi tutti una zatterotta di erba e pavaveri gettati dai contado sul greto, a disinfestare il grano, se ne andava a pelo d'acqua dolce cantando come Ofelia, in folle spensieratezza, ma la tenuta del marchingegno era labile e Céncio sparì di colpo per riapparire invocando a gran voce aita e santi, che vezzeggiava e blandiva con diminutivi e captative aggettivazioni, del tipo madonina santa gesù buono, e poi spariva, e poi riappariva gorgogliando ed invocando, e così, e noi naturalmente a ridere come de le tròglie finché il Cielo finalmente si scantò e mandò come emissario mè dalle lunghe żèrle, che l'acqua non m'arivava neanche alle tétte, e lo brancai sotto le ascelle e lo posi sul solido, sentito appena il quale Céncio cominciò a scancherare come dio comanda, una veloce di cancheri e madonne che ci stupirono per varietà e professionalità. Se per questo anche Ciccio non scherzava gnénte, quando, appena lontano della città, si era frammezzo le prime pioppe, veniva regolarmente sdebragato e la relativa braga lanciata a diversi metri dal suolo gettata su di un albero, come quella volta che si mise a litigare con un contado incagnato nero perché l'aveva scorto ad inerpicarsi per la frutta diceva il contado, la frutta i maróni urlava Ciccio che litigare in pataglia non è facile un gażo, vacca d'un cane.

Ma il massimo della ciclo in primavera era quando trovavi una mina che magari l'invitavi a fare un giro e curiosamente non ti mandava a fare delle pògne e ti rispondeva di sì. Per motivi che sfuggivano queste mine non erano MAI quelle per cui andavi delirando in quel momento, ma non ci stavi poi micca a menartela su più di quel tanto, andavi e basta. Si percorrevano i viali della periferia, feriti dall'odore dei tigli e dagli schiaffi dell'età, bellamente cianciando con una scherma istintiva di parole e pettegolezzi e riferimenti e balle varie, così pigramente pedalando, affiancati, staccati, un colpo di contropedale, piegato sul manubbrio o eretto in attenzione, scartando e ridendo di gnénte che quasi quasi ó hai visto che stavo per imbalarlo che come s'è incagnato, e giù a ridere di nervoso e attesa, finché il traffico si faceva più rado e le strade si trasformavano in cavedagne, e apparivano campi e alberi, fossi dove cracchiavano allegre le paciane e scivolavano le bisce d'acqua, che notavi fugacemente come exdesiderate prede di caccia, e lunghi filari d'uva tenuti su dagli olmi e lontano si vedeva, della città, solo la punta bianca della torre.

Allora si diceva dai che ci fermiamo un momento, e appoggiavi le ciclo sull'erba e continuavi a chiaccherare e dai e poi capivi che non potevi chiaccherare all'infinito, che DOVEVI fare qualcosa, vacca, e tacevi un momento e cominciavi a fare qualche discorso peso tipo ma per tè la vita o altre balle o tacevi come d'ispirazione improvvisa, che tè ogni tanto, nell'apparente allegrezza e simpatia, avevi anche dei pensieri tògo e profondi, vacca se eran tògo, e ti avvicinavi teso stirato se potevi cogliere quel momento che ti avrebbe fatto capire che sì, non è che pensavi che se era venuta fin lì con tè non disdegnava del tutto, poi móoo?, ma quando le vedevi in ghigna lo sguardo un po' gàggio che voleva dire che era sul sognante (e il tuo com'era, gàggio?) capivi che quello ERA il momento e tacevi e la guardavi e le prendevi le spalle e partivi col ciuciòtto in bocca e ti fumava la testa e ti staccavi e lei ti guardava senza dir niente ma sorrideva e alora soridevi anche tu sempre in silenzio che è un grande momento cara meglio non rovinarlo con inutili parole e le passavi un dito in faccia, piano leggero come di carezza, intenso, son micca un gàggio, non hai neanche avuto del culo tè, èee?, e poi la riciuciavi e poi pensavi che non potevi star lì a ciuciarla tutto il pomeriggio e cominciavi a provarci orecchio non orecchio tétta non tétta coscia non coscia e vai pure avanti finché veniva tardi e dobbiamo tornare perché poi vien tardi e risalivi in sella incordato da urlare ma fiero nel petto ed altro del dovere compiuto e l'accompagnavi vicino a casa ecco va bene qui perché se no i miei mi vedono e mio padre mi fa la naša e ci vediamo domani e risalivi in sella e via, in larga pedalata, dagli amici.

Ai quali ti presentavi piegato in due senza nulla dire, ma in modo che da tutto te stesso si vedesse che non eri, quel giorno, stato lì in giro a gratis o a far l'asino, che ne domandavano subito ma tè ti schernivi anche quei due o tre minuti, prima del minuzioso resoconto, che ti dicevano “Vacca che tròglia!” ma per significare “Tògo, vacca!”, e il male ai maroni era come una medaglia sul petto, un nastrino alla giacca.

Questo era anche la ciclo. Poi qualcuno cominciò con la 600 del padre, poi qualcuno con la sua, anche la 1100, e ci furono anche i primi incidenti, che m’ha tamponato uno stronzo o erano ubriachi come de le tròglie e son finiti nel fosso e che culo che s’è rotto solo una gamba e a lui glian dato cinque o sei punti.

Ma fu quando Pier, in spàider bianca, si voltò la domenica mattina davanti al Duomo per guardare una mina che pasava e finì diritto nella baracchina di vetro del fioraio e la sfondò pari; noi non capimmo, ma era finita un’epoca.

16.

Ma poi a un certo punto la cosa più importante fu metter su la mina, farsi la mina, una qualunque quasi basta che fosse, che quelle tròglie che ti piacevano non ti filavan neanche, mai, in una girandola eterna di passioni non ricambiate. È che le mine non le tiri su a la gugna, devi faticare, però avere la mina era la chiave di volta per entrare nel mondo mondano, essere qualcuno, che vuoi mettere esempio se uscivi da scuola e gli altri ti fanno dai vieni e tè dici no che devo aspetare la mina, con le compagne che dicevano: "S'è fatto la mina? Ma vèe, chi è quela mina lì?" e tu te ne andavi benevolo e superiore, e poi chilometri per non pasare davanti al bar se no volavan degli ṡbianchi da spezarti in due, da s'ciancarti le ossa, che la mina magari poi ti diceva: "Vèee, ma che mago sei, che maràglia sono i tuoi amici?!".

La mina, aaa le mine, nostra speranza e sogno, ottundersi e gioia e passione e daffare, Ó, sempre lì': ciài la mina? È la tua mina? Ó, hai visto che anche Ciccio cià la mina! È giù perché l'ha sbadilato la mina! O Santa Mina, unico spiraglio di luce nel grigiore misero di quegli anni, curioso nome di lingua żerga che credevamo nostro e nostra specialità. Per scoprire poi un giorno, miglia e miglia distante, in una città di frontiera in mezzo alla Pampa, che quella magica parola non era poi solo nostra, e l'orizzonte sconfinato della mina si sentiva risuonare anco là bajo, in quel cielo colmo di teru-teru che volavano bassi, e di colossali ombù falsi alberi sparsi all'ingiro, vocazione alla prateria dei mottacénsi, forse tesi a una pianura più grande, come a dire *en mi vida tuve muchas minas, pero nunca una mujer*, o anche *quisie-*

ra ser canfinflero para tener una mina, premonizione del tango che solo si ballava quando, la domenica, i gruppi di fronte al Duomo alla messa di mezzogiorno apeggiavano dagli uni agli altri, ridda di trébbi dove si entrava e si usciva come braccianti antichi a cercar lavoro, e invece si cercava la festina, per organizzar festina, a gruppetti serrati di varia estrazione e stato, si vedeva dalle tacate e dagli atteggiamenti, studenti o maràglia già allo sgòbbo, ma la domanda, unica, assillante, era: "Si tanga oggi?". Come poter pensare di passare la sacra domenica pomeriggio senza la festina, come? magari coi due mécchi come tè tagliati fuori? Impensabile. Forse un cine, avere qualche ruota in tasca. Ma se trovavi asilo, ti ṡlumàvano metti in lungo e in largo, poi potevano anche invitarti, dividere con te il rito, ma la tassa era quella: "Vèèè mago, ciài la mina?". Si poteva, si poteva tangare, ma se speri di venir senza ti balla un occhio, il mio mécco, che solo nelle alte alte sfere *può darsi* (si dice) che organizzino festine che ci puoi andare anche da per tè, se naṡalmente invitato, ma tanto poi non sono festine da impacco, se ciài due o tre gambe è quasi meglio il cine, che le mine magari ci sono ma è poi la cugina di uno o la sorella delaltro, e cucar su niṡba. C'era metti il vantaggio del bufè più tògo, senza dover spilare una gamba per il vermut e le paste, o forse il giradischi più moderno e non il picup da inserire con mossa ardita nell'aràdio, ma impacco zero, garantito.

Le mine c'era anche certuni che sembrava non ne volessero, ma eran lòfi di quarta, così lòfi che non li sbadilava nesuno, oppure loro magari qualcuna già ti puntava, e tu lì a fare il sofistico, perché se non era giusta nel codice tribale era come uno ṡbianco mai visto, quella metti non ciavéva le tétte, e quel'altra era una brocca, e quel'altra ancora una di gesso, o l'aveva di bachelite, o quella poteva anche andare che faceva ceramiche, ma la chiamavan la mostra della ceramica e ti sputani perdi la brónża per 'na mina, mòrro?! Ma fai pure il vasco, che sarebbe andato bene tutto, che sapevi, conoscevi? Quanto l'avresti pagata (moralmente!) una da apena cucarci su, anche un banale ma appagante fiocco in bocca, simbolo certo di conquista.

Nei primi tempi, ancora mas'cini apena fatti, le si divideva in due grandi categorie: quelle di cui perdutamente ci si invaghiva, che altro che il Dolcestile!, e ne sceglievi una come la squadra del cuore o Coppi o Bartali, per cui tenere, che appena ci si conosceva, con un mas'cino nuovo, quella era la domanda d'obbligo, dopo un po': "Ma tè per chi tieni?", tanto per chiarire le cose, e nascevano amori improvvisi od odii eterni. Poi c'eran quelle definite, così, alla buona, da guzzo. E ce ne fossero state, è che non ce n'era, e tutto accadeva nella più pura tradizione orale, a fabuleggiare di quello che avevi sentito a tua volta ciocare, da uno che l'aveva sentito dire, da uno che era stato a bàito, o s'era sposato da poco. E intanto quella tua compagna di terza media, gnòcca di grande fama per venustà e ridondanza, e ora anche lei sarà cadente àvola, povera, e avrà nipoti a badalucco, miracolo l'anno dopo si sposava e l'amica più intima mia amica più intima aveva golosamente raccolto le sue confidenze, di loro a Firenze la prima notte, lui da poco tenente della Quasi Ancóra Règia Accademia Militare della Città di Mòtta, stesso cielo di Carpi-Sużara, lui profondo sud garantito, al cìbali, col suo chepì e spadino, di quegli spadini che noi, dalla sorella d'Adriano, lei già fighéssa di età incalcolabile (forse sui venti), che con le sue amiche certi pomeriggi prendevano il tè coi cadetti, fa tè, che alora le gnochésse della Béne ci tenevano alla divisa, di lì a poco tragicamente crollata d'interesse, anzi!, e noi maràglia tròglia prendevamo i foderi e glieli riempivamo di cingomme masticate ad arte e pezzi di carta e incòsa appiccicosa e immonda ci capitasse sotto mano, così, odio perenne per loro lì che si cucavan tutte le più tògo (tògo, poi; così sembrava allor!). Che s'incazzavano come bestie, ma non tanto i Santi Cadetti dell'Accademia Militare, che a bocca stretta dicevano ma no, ma dai sono ragazzate, che se ciavessero preso magari ci innuffiàvano anche ma noblesse oblige, non potevan micca metterla giù di brutta più di quel tanto. Eran loro che s'incagnavano, le stronze, pel nostro delitto di lesa, perché temevano che glieli smarissimo d'intorno, e allora via speranza di sane nozze in uniforme. Lui però già Tenente se la sposò, ma per amore non per obbligo, e lei sui sedici, pensa tè, in crisi tutti e due, da matti, raccontava l'amica, finalmente soli mia cara, finalmente i màrrons, ho dimenticato le sigarette amore, scendo un attimo a cercarne, per darle tempo d'imparurarsi e improfumarsi da Prima Notte (tipo in quel giallo di Spiléin: "Ho tenuto questa camicia per la mia prima notte, caro, non si può aprire, si toglie solo s'ciancàndola". Vvassco!), e tempo anche di mettersi sotto nel TERRORE dell'attesa, esperienze brugnére zero, ma di tutti e due, che lui magari metti era andato una sera a Reggio, o a Bologna, in bàito, senza chepì e spadino, va da sé, e lei era rimasta ai soli racconti di antenate, probabilmente anche loro southern, che da moróŝi, dopo magari un fiòcco o due cosa poteva averci cucato su, sui sedici di classe che altro certe tue delle festine, che delle volte ci tocavi anche le tétte, e lui che torna dalle sigarette e dice a l' fa: "Ma sei già a letto?", tipo: "È molto che aspetta l'autobus?" anche lui teso manifesto uguale se non più, forse a cercare di ricordare quella esperienza a bàito, coi colleghi, che nella città della Mòtta (per Carpi-Suzaramàntova si cambia), li avevano chiusi per esperimento del 1950, va' mò tè che naŝa avevamo, e alla domenica c'erano le autocolonne e i treni stracarichi che andavano verso le luci rosse di Reggio e i felsinei peccati, ed io lì a dire dai dai raconta, come un gàggio, e fingevo di ridere superiore, ma l'idea in sé turbava e corrompeva, a dire anche che lei forse me lo raccontava per vedere se in qualche modo si apriva uno spiraglio di improbabile passione, bellina bellina ma magrina, non nel codice, e ANNI DOPO mi disse quella mattina: "Ho chiavato, ho chiavato anch'io!" (era fine lei, non usava il volgare "guzare"). "Pensa, potevo morire ieri notte, e non lo avevo ancora fatto!" "E com'è stato?" "Be', 'nsomma! Un greco, bello bello devo dire, ma 'nsomma... Ieri mattina sono andata a casa sua, che lui era ancora a letto, m'ha detto vieni qua, ed eravamo lì..." e io in quel mentre pensavo che avrei potuto esser stato io, SECOLI prima, ma cosa vuoi mai, perché parlare se ne parlava, cotidie, ma fare, c'era di mezzo il mare Oceano dopo le Colonne con mostri e tempeste, micca pògne, culato sì da quell'unica storica prova, ma irripetibile ed irripetuta, vacca d'un cane!

Dividi pure in donne angelicate e mine da guzzo! Le famose mine da guzzo! Ma cosa volevi mai guzare, che era già tanto se riuscivi a fiocarle o qualche palpatina veloce negli androni bui quando, scendendo dalle scale della festa, era d'uopo fermarsi sul gradino quando la luce intermittente ticchettante scattava (allora c'era il risparmio daddovero!), che tu non aspettavi altro e fors'anco lei, e ti gettavi rabido ed era tutto un "Ma dai, va là! Mo cosa fai, stai buono dai" e di già il fiòcco in bocca, quella ciucciata inesperta e debitamente sicura di sé, ti sembrava una conquista morale (e materiale) fra le più goduriose, già pago, la domenica non era passata invano, che avevi cucato su, avevi vissuto, avresti potuto morire pensa senza che ti fosse successo nulla, e ti tenevi quell'erezione che si spandeva a ondate possenti che poi, dopo aver lasciato la bella nei pressi di casa (se no poi i vicini mi vedono), ti scemava a botte improvvise nel ritorno, ma quando andavi a casa ti trascinavi dal male nei maróni per le strade, ma fiero, glorioso, che vaffanculo anche l'interrogazione di domani, che boiadungiuda se facessi cabò?

Per andare alle festine dunque ci voleva la mina, e un minimo di sforzo economico per il rinfresco. Lucianone della piazza, che i suoi avevano un banchetto in piazza, di stoffe e confezioni, era uno tògo, che se ne intendeva, perché chi lavorava e non sprecava tempo a scuola, dallo sgòbbo si faceva più profondo conoscitore della vita e delle sue usanze. Aveva poi la gran naṡa di avere una nonna che stava da sola, in una casa della città vecchia di umido e scale buie e soffitti altissimi, e quando mi fa, dice, che eravan diventati amici: "Noi tanghiamo tutte le domeniche, ma tè ce l'hai la mina?" io gli faccio: "Vèe mago, se cerco la festa vuol dire che ce l'ho!". E la mina ce l'avevo sì, sui 14, ma bellina e anche con le tétte, becata su al volo sul fluire mattutino delle scuole, ma lei faceva l'avviamento, e io già la prima superiore, come dire vecchiezza e classe appropriata. La vedevo sfarfallare civettuola tutte le mattine svoltato l'angolo, sottana larga e completino di lana sopra, col giro di perlette, e capelli con la coda. Che poi un bel giorno la fermi e dici dai che t'accompagno, e lei miracolo sorride tipo se proprio vuoi, ma intanto non ti manda a far delle, e poi dopo un po' di giorni fai, dici: "Vèe, voglio chiederti una cosa, vuoi micca diventare la mia mina?". Con lei che come da preciso rituale ti fa che ci deve pensare, il che voleva dire sì ma non posso dirlo subito, non divento micca la mina di uno così di brutta, però felice lo stesso, che se era no diceva mago sorry ma non si cucca su gnénte. E dato che stava per venire Pasqua le faccio: "Me lo dici poi quando torno. Posso mandarti una cartolina?" E lei fa: "Sì, ma se vedono una firma maschile poi magari i miei mi innàṡano!" E io come un gàggio a firmare al femminile, e poi la lasciavano venire a ballare con me la domenica pomeriggio; ma che maràglia era? Dakòta mai visti, anche se abitavano nei palazzoni nuovi. Poi torno e dico: "Dai ci stai che oggi andiamo al cine?" e andammo a vedere l'amore è una cosa meravigliosa, così anche noi trascinati dalla vicenda oriental-americana colgo l'attimo e lì nel bel mezzo faccio: "Senti, alora ciài poi pensato a quella cosa là?" "Quale cosa là?" fa bisbiglia lei, che giovane giovane sì ma già fighéssa, altro che tè, il mio gàggio. Che se era venuta fin lì con tè al cine ne voleva, non c'era micca venuta per turismo, ma sai mai. Dico: "Quel fatto lì dell'essere la mia mina!" con dentro tutto un lavoro di roba che andava su e giù da tutti i cantoni e lei che si gira e guarda e poi fa, semplice e secca:

"Sì". Così, pari pari, "sì". Che vacca era la mia prima mina regolare e mi sembrava giusto dovesse dire quel sì con un discorso di mezz'ora, e m'aveva spiazato. Che se da quel momento era la mia mina avevo il diritto/dovere di darle regolare fiòcco d'assunzione, o no? Si immagina oggi che fuori forse imbuiava, e che ci fosse d'attorno anche l'intera Città della Mòtta, con là una ancora incerta aria primaverile, di tepore accennato e di giovanili afflati e tutto, ma tu dentro al cine eri lì a rendere plausibili quelle quattro gambe investite, che allora se invitavi al cine eri tè che pagavi, e andavi inventando tecniche istintive tipo allora adesso le passo il braccio dietro le spalle, e poi la tiro un poco verso di me, che si capisca che la risposta positiva m'ha riempito di traboccante affetto ed emozione che stento appena a non rendere palese, e poi un po' lì a vedere eventuali reazioni. Come quando eri a ballare, con metti quella biondina vestita di velluto verde che piaceva anche a Victor ma piaceva poi anche a tè, e lì eri già un maschio adulto sui diciannove, micca pògne, e le tecniche le avevi ormai affinate giorno per giorno di studi indefessi da secoli, da quella volta lì del cine, che intanto dalla normale posizione mano sinistra mia destra sua un po' in fuori come alla Corte di Vienna, le stesse mani giravi fino ad avere la sua contro il petto, zona cuore e tétta, e strichetavi un po', poi se non c'erano segnali negativi la posizione delle altre braccia e mani passava dalla schiena al molle abbandono sui fianchi, seguendo languidi il dolce ritmo della musica, fa conto I'm in the mood for love, e se non c'erano ribellioni lasciavi la sua mano sinistra e la tua destra andava ratta a ghermire fra collo e nuca, vagamente e pensosamente strafugnando. Se fin lì era tutto pari era mezza fatta, potevi andare sul guancia a guancia e anche morsetto del lobo, e lì trionfo, Victor mi dispiace ma te l'ho rostita, segata su, che poi la tròglia s'è vendicato, che gliel'è andato a dire, che ciavévo già un'altra mina. Roba da innuffiarlo. Va be', gnénte. Poi, a pezzo finito, prima del cambio del disco, tenerle ancora distrattamente la mano e tutto saraffo fare, dirle: "Sai che ciò sete, ciài micca sete tè, che qui c'è solo della roba lòfi. Andian giù al bar a farci un gin-fiz?". Siii, micca limonata, gin-fiz! Che nella mossa investivi le tue riserve economiche d'una settimana, ma micca a gratis. Che dopo l'esotica bevanda il minimo era farsi fiocare sulle scale, e anche magari una rapida sarafata, prima del rientro a sancire ufficialmente la nuova coppia. E senza star lì a far tante domande. Ma quella prima volta era tutto da inventare, e da scoprire. E allora dopo un po' aprofittavi della colonna sonora che sparava le varie magie del cinemascope e del technicolor e via, leggermente girato, a santificare con un veloce bacio l'unione.

Era successo tutto, quindi avevi mina regolare, atta alle feste. Certo Luciano che ce l'ho, la mina. Via la domenica per le strade in emozione d'eleganza, tappo curato al massimo, i pantaloni devono cadere sulle scarpe, pontificava la Giannina, la figlia della portinaia, e se tè sei cresciuto in fretta e i tuoi non han la pila per comprarne dei nuovi? Basta allentare la cintura e farli cader giù, che tanto la giacca e il maglione li coprono e se son corti non si vede. Poi via a lucidar le fanghe, che fa dice tua madre ó lui lì deve aver trovato 'na qualche moróṡa! L'hai mai visto tè lucidarsi le scarpe? Ore fra le cravatte paterne, per uscire battente cravatta degna del nome, anche se non le rinnovava dal '22 c'era sempre speranza che tornassero di moda, ore sul ciuffo perché sei erroneamente passato dalla riga ai capelli indietro, da maschio adulto, che non ci vogliono stare, e ti dicono che sembri l'areclam della Presbìtero, vacca d'un cane, e nel taschino interno quelle cinque o sei sighe comprate il sabato dai contrabani, regolarmente estere e di nome non italico, e poi divise fra gli investitori tutti, a litigarsi il pachetto per farlo vedere, perché dopo un po' che balli una la devi tirar fuori, e acenderla, e fare: "Vuoi una sigaretta? Non fumi? Beata tè, io purtroppo ciò già il vizzio!".

Andavi lieto, e nelle strade più interne, svoltando in angoli muffi e semideserti, meno pericolosi agli incontri parentali, osavi anche una mano protettiva sulla spalla, quando non sul fianco, specie se di primavera, con le vestimenta più leggere che ti permettevano di cogliere con la mano, fra vita e anca, quello sdilinquirsi morbido e continuo, a ritmo del passo, del lene sommovimento culare, rotondo, pieno, onde continue di risacca di giovine femmina, da mandar giù quintalate di aria a colme folate al percepirlo, immaginando il resto sotto e attorno e cantando, o quasi allegramente bramendo in cuor tuo.

Poi, raggiunto il luogo designato, ti davi ai balli, un 78 via l'altro che ancora c'erano quelli, che tutte le volte dovevi star lì a cambiarli, vai di Frankie valzer lento answer me, o vorticosi tango semiargentini, cumparsite e caminiti a pacchi, prima ancora dei 45 o, finalmente, dei 33 da mezz'ora, arrivata che era l'era del Sacro Rock. Ogni tanto changez-la-femme, un giro con un'altra, tanto per far vedere che eri di mondo, e lì conversèscion e amenità, ben staccati perché fosse chiaro che era il momento di società, poi a metà i giochini, un po' di vermut, la pasta e la sigaretta santificante, e rituffati a basso capo nella danza stretta con qualche fiòcco e relativo sorriso di circostanza; e le domeniche volavano.

E vai pur avanti. Da lì si non si poteva che progredire, in storie e in tecniche precise e sperimentate, non che si cucasse molto di più ma c'era più età e più buio, e toccavi più a fondo e ne ricavavi quell'odore che dopo ti avrebbe accompagnato per gli anni a venire, una volta scopertolo, ma le prime volte quasi sorpresi, un vago ricordo, ma è proprio quello, è così? morbido e saturo, tipo...? l'afrore? ma che gażo è l'afrore, che noi in africa non ci siamo mai stati, lo sai di che cos'è, quell'odore, a dito avanti certo goffo e rozzo, se ci arrivavi, non sapevi neanche perché proprio ma era quella la meta istintiva, in una confusione da non ricordarsi neanche, quasi, come quella volta con la piccola venezuelana di ritorno, dopo una mattina a cercare un posto ospitale, con un misterioso mécco greco con la sua mina, vai poi a due coppie un po' saraffo in quella stanza e fan loro: "Una festina in quattro?". Be', era un po' sporca, però non scaparono e anche quel giorno il pomeriggio volò ma ti ricordi solo che lei aveva le sottovesti di nàilon che scrocchiavano, un bàito mai visto, che sembrava di scartare un uovo di pasqua profumaticchiato e un po' sudato per l'emozione, e ti ricordi quasi solo quello.

Ma quando ti innamoravi era diversa. Tutto il lavoro era buttato sulla purezza del sentimento, tu anima vera non ti saresti mai permesso, non ti passava neanche per l'anticamera, a tè Platone non ti faceva neanche delle pògne, a tè, anche se lei ciavéva metti due tétte come meloni, palloni areostatici tenuti su, contro ogni vile forza di gravità, da quella linfa primaverile tutta sbocciante dei suoi vent'anni, e occhi neri umidi e un filo di peluria sul labbro superiore, da immaginarsela, dopo, tutta nera e tenera e umida dappertutto. Un intorto mai visto, di un mese, con la scusa di un esame da preparare, mai guardato, e le leggevi poeti francesi che a pari età si facevano di assenzio e mulatte, e tè lì a leggere come un gàggio, a raccontarle e a farsi raccontare cos'è la vita, o che c'era una che magari te l'avrebbe tirata dietro, ma è volgare, capisci? certe cose solo per fare (tròglia d'un mentitore) ormai non mi interessano più. E poi ci arrivi e riesci a sbadilare uno che era già mezzo moróso, un mécco demolito giorno dopo giorno di incessante opra, e quello della sua vita vera sei tè, alla fine l'ha capito, te lo dice una sera ma anche che il giorno dopo parte e dici fai domattina ci salutiamo, ci mettiam d'accordo per 'st'estate, e vai in quel posto famoso tuo e degli amici che dici, fai: "Ti faccio vedere il nostro Klubo, di cui ti ho tanto parlato!" e sei lì che stai non dico per fartela ma almeno un po' di pratica dopo tanta teoria, vicino presso alle due Mongolfiere, e da fiòcco nasce cosa, sai mai, e sei appena arrivato e non hai neanche finito di mostrare l'amenità dei luoghi che arriva Alfio il bateràio che ciavéva la batteria lì, parchegiata, ṡluma un po' e bello come il sole dice a l' fa: "Disturbo se suono un po'?" con la sua esse sìso-la. "No no!" fa lei, che non poteva micca dire diverso anche se probabilmente aveva altre idee, e neanche tè, che da un mese le sparavi di brutta tutte le tue purezze angelicate di quel rompibal-le di Dante potevi dire: "Ve' mago, taglia mò! Scàvati mò dai maróni!" e stai lì a guardarti a guardarla e a guardarlo e vai pure di cià-cià-cium, cassa rullante e chàrleston, un'ora buona di cià-cià-cium, fino all'una che doveva tornare a casa. Dopo un mese di lavoro.

E poi, fuori al sole estivo, il saluto, un bacio sulla guancia, e via, ma via davvero, mai più vista, mai. E sparita quell'altra di una settimana dopo, e scomparsa quella dell'estate, e svanita quella dalla bella faccia rincagnata dell'autunno, via per il mon-do, per non ricomparire più, via.

Perché ditemi dove, in quale paese, sono Flora, la bella ro-mana, Frieda la bionda quando diventa Margot, l'allegra, la tri-ste, e quella un po' puttana. Dove siano, ora non lo so. Nemme-no dov'è la prudente Eloise, che fu quasi castrata da sua madre, Southern Belle, della West Virginia, e Denise, che sembrava pie-na di miele e un po' di più, bella fra le belle, e strana, occhi az-zurri di smalto e culo tondo da americana. Dove sono Berta dai grandi piedi, e la brunetta della Pirelli, miss Punt-e-meṡ gran prole della Fèlsina béne e Francesca, ànglica stirpe di colonnelli. Dove Regina di Castiglia di buona cultura, e la ragazza dei Tre Re, e la mora con gli occhi viola, la bionda, la scura, e quella che non sai mai se c'è o non c'è. E tutte quelle che non ci sono state, e quelle che non ci saranno più, e quelle che si son perse, andate, tutte quelle del mondo che fu. Davvero non mi chiedere oltre, solo un momento, un rimorso o un accordo. Ma dove sono le ne-vi di un tempo, ora che c'è soltanto il ricordo.

17.

Cominciò tutto un assoloso pomeriggio di prima estate, all'uscita dal film che Pier la Tròglia, vittima di improvvisa quanto rara generosità, ci aveva concesso di vedere a gràtis nel cinema di suo padre, che suo padre ne aveva due e lui andava a gratis in tutti i cine non solo della Città della Mòtta, ma in quelli di Carpi, Sużżara, Mantova, dell'Italia intera e dell'Impero, il che era davvero avere una grań bella naṡa di suo, ma non stiamo tanto lì a conconare. Era, quel film, un filmetto sull'incombente rock (and roll compreso nel prezzo), di quelli che chiamerai di serie B ma che allora ti schienavano duro d'emozione e desiderio. Non era micca la prima esperienza rochéra però. Già l'estate prima avevi letto sui giornali di questa nuova danza, che faceva impazzire i teens d'america tutti, e decidesti che sarebbe stata tua, non appena esportata, come quando secoli prima adottavi la squadra o il ciclista del cuore, uso santa Rita della signora Giovanna, ormai scomparsa fra le nevi del tempo, anche lei pensa tè, e forse per speciale salvacondotto in Paradiso. Avevi letto che quella musica sarebbe arrivata in Italia nella prossima stagione, e non vedevi l'ora di assaggiare tu quoque quelle emozioni che i giornali davano come sicure, soprattutto un film che la gente non poteva trattenersi durante la proiezione e si scatenavano a ballare fra le sedie, anche delle old ladies scrivevano, che va be' americane ma sempre vechine, turbiglionate su in una sorta di raptus corèutico che vacca, anche nella Città della Mòtta succederà un lavoro così?

Che ci fu, un poco, perché non è poi che quando andammo a

vedere il film tutti si misero a balare come dei matti, e vechine zero, ma per non essere da meno degli americani un bel bàito lo facemmo, lo si DOVEVA fare, soprattutto quando quello col ricciolone tirabaci, Bill Haley, arrivò con la sua canzone, introdotta da un break di batteria che cambiò il mondo e il modo di vedere la vita. Eravamo lì con la Bétty e gli altro mago e mine e cominciammo tacammo a batter le mani e i piedi e a fare un gran bàito che dietro c'era un gàggio che fece sssst, ssst che non mi fate sentire gnénte! "Ó mago!" gli faccio, dico: "stare polegiati, che questi non sono film da sentire béne ma da sentire dentro, che se non volevi della tubana stavi poi a casa tua!" che era un mécco del classico che lo conoscevo anche come uno lòfi di quarta, che quando avevamo fondato il Movimento Laico Indipendente che poi ci cacciarono via dalla sede perché facevamo sì i laici contro l'oscurantismo clericale ma il più delle volte facevamo gli asini, lui l'era andato a dire a un padre salesiano quel lavoro lì del Movimento, e il padre parlò durante una predica di domenica a mezogiorno contro certi giovani che corompevano le coscienze, pensa mò che mago era lui lì!

Insomma il giorno dopo c'era la fila al negozio di dischi (quelli che avevano la pila) per comprare Rock around the clock e Only you, coi Platters con Tony Williams che la cantava col singhiozzo e Gian Pio l'aveva imparata a fare così bene, anche senza sapere l'inglese, che da allora fu chiamato Toni Platter. E poi a ascoltare e riascoltare, e cercare di ricordarsi i passi di quel ballo che hai visto come la fa saltar su e giù, vvvasco! che se la passa anche sotto le gambe, come si farà? a provare con le mine tue amiche che i più vecchi di noi dicevano, con sprezzante alterigia: "È come il bughi! Son quei tre acordi in croce del giro di blus o del bughi-bughi, musica lòfi! Il gièz è musica! È musica quella lì, secondo voi, maràglia?" ma per noi era musica sì, che dopo arrivò anche Elvis e Little Richard e Gin Vìncent e tutti gli altri rochéri da Dio creati a nobilitare quei famosi tre accordi in croce, anche perché fino a quel numero lì ci saresti potuto arrivare anche tè, ma va mò a suonare Gerry Mulligan, se sei buono! 'Nsomma, andammo a vedere 'sto film già consci del rock e della sua portata storica, e c'era sto complesso di rock dei nostri eroi che partecipa a un concorso, che era poi una scusa per farci vedere complessi rock di vario tipo e colore a svagonate, e vuoi mò che non lo vincan loro, il concorso? E il premio era andare a suonare un'estate intera in un campeggio di ragazze esploratrici, loro soli là a suonare e migliaia di mine tutte attorno, e americane, per giunta, con possibilità di fare degli imbarchi mai visti, roba da andare giù di testa, al sol pensiero.

Quando uscimmo, accecati dalla vampata estiva, suonati e fisi nel pensiero dominante, stesi da quell'idea e possibilità intraviste, nesuno con uno straccio di mina atorno, come se la Città della Mòtta con Carpi e Sużżara unite nella lotta fossero solo un immenso tragico androcéo, e un'estate intera davanti, che allora duravano di più, sembravano senza fine, con riga possibilità di andare a finire, anche per sbaglio, in un campeggio di ragazze esploratrici.

Ma quando qualcuno disse: "Scoltate, mago. Metiam su un complesso anche noi?" fu come quando nei cartoni si accende la lampadina e il mondo attorno tornò a sorriderci, di spene se non altro ma caccia via. Tacammo subito a parlarne. La scelta di ogni singolo strumento fu laboriosa ma molti andavano via più sul fantasioso che sulle difficoltà eventuali e realistiche, e tutto volava a tiramento basso e bieco. Alcuni erano decisamente affascinati dal sax, forse perché faceva più bàito, poi i saxéri (Little Richard ne aveva QUATTRO!) si muovevano sul palco a ritmo e alla fine del riff ciavévan la gambina (sinistra) alzata. Altri, per opposte ragioni economiche, ebbero la vocazione della batteria e della chitarra, non mancando in mezzo un banjo mandolino che ce l'ha già mio padre. Nessuno voleva il contrabbasso, ma Pierino che non aveva di suo la musta da rochéro (perché ci vuole anche quella!) si becò un: "Tè o suoni il basso o ti sbadiliamo dal complesso!". Il piano nessuno perché tanto uno poi lo troviamo. Appuntamento conglomerante a fine estate.

L'estate terminò, per lasciar posto a quel tempo dell'anno quando foglie gialle, o poche o nessuna, pendono dai rami tremando e quelle balle lì eccetera. I sax, come tutti in cuor loro avevano naśato, si erano squagliati. Chitarra e batteria per esserci c'erano, e quale ne usciva. Pierino il basso lo aveva, e quando facevamo le prove per portarlo lo portava, che tirarlo su per delle graan rampe di scale non era micca un lavoro facile, poi lo appoggiava in un angolo e felice ci stava a sentire. Oltre un paio di pezzi non si andò, e capimmo che così nessuno avrebbe suonato alla reggia del duca Teseo, né tantomeno in un campeggio di scout-girls. Ci fu una fase statica. Ma se il complesso era praticamente morto, viva il rock, che cresceva nelle festine e nei dischi, perfezionando tecniche di ballo e stili canterini, con le parole in inglese imparate diligentemente a forza di ascolti, anche solo i meri suoni, e le prime canzoni imitative che uscivano a raffica.

Dopo una stagione d'aspettativa (ma qualcosa era in lista per accadere!) giunse a noi un mago che faceva le Corni e era arrivato per tam-tam tribali perché sapeva che noi suonavamo e lui voleva suonare la batteria ma nel frattempo ciavéva solo le bacchette, Dòdo, e un giorno fa che ciavéva due amici chitarai, e uno ce l'aveva anche elettrica che studiava radio e il suo profesore lo chiamava 6K7 che è il nome di una valvola, e lui sapeva fare gli amplificatori e anche l'asolo di Be-bop-a-lula che era un mànico bestiale che andava via che s'ciancava i bimbi. Che ci metian dacòrdo una di queste sere punta al parco a suonare.

Non è che il parco fosse tògo tògo subito, come luogo di punte, perché ci andavano i Tàigher. Al parco c'era, in tarda primavera, il Lido Parco coi tavolini regolari che dovevi consumare se no il cameriere ti innuffiava, micca come al bar sotto casa dove ti polegiavi ore tanto ci conoscevano e sapevano il budget giornaliero possibile e non spacàvano i maróni, solo se oltre non consumare facevamo del gran caṡino, che mi ciùffano la licenza. Là invece c'erano si sedevano anziani danarosi e dei mécchi fighétti, magari con la mina tutta tacata, tutta maràglia che ciavévan la pila perché lì al Lido si ṡmenava anche peso, che io magari invece mezza gamba in tasca e grassa che era che investivi in due fumóṡe Naz. semplici che il tabachino faceva anche l'asino, gliele incarto? accese con i fiamiferi da cucina allo zolfo sfregati di regola lungo la coscia dei gins, con ampio gesto a gamba alzata, che ce li avevi più consumati lì che nel culo, perché non s'accendevano micca subito, e una granatina da lire trenta perché due da quindici erano finiti quei tempi. E noi andavamo proprio lì dove c'era quello col caretto delle granatine, tutto dipinto di bianco e d'azzurro, e d'oro, con tutte le bottiglie degli sciroppi dai bei colori brillanti con limone giallo rilucente e granatina rosso fuoco rubino e arancio sole splendente e orzata che ci vuole solo un matto e tamarindo e vai pure, con la stecca lucente e desiderosa del ghiaccio avvolta nella tela di sacco e l'arnese per tritarlo. E lì c'erano le panchine cui erano rigermogliati i legni dipinti di verde, e i fanali contro cui danzavano falene zinzale e moscerini e le aiuole è severamente vietato calpestare le, ma l'erbina era fresca e invitante, umida di guazza, e ci mettemmo pròpio lì, con le nostre chitarre.

E in tre secondi e due, ó, apena messi lì, saltaron fuori i Tàigher come chiamati alla gugna, che erano sapevamo una temibile banda di tèddi-boi, perché se i tèddi c'erano in Inghilterra e in America noi cosa siamo, più gàggio? e ce li avevamo anche noi, e si presentavano tutti coi loro gins e una T gialla a larghe falde sul culo, il che ti dava anche una certa fierezza internazionale. Ma avevano una sinistra fama di busatóri, gente allo sgòbbo chi meccanico chi fatorino, che qualcuno dicevano andava anche in palestra, parlavano dicevano di scatenate fatte con altre bande che io poi non le ho mai viste, solo i Tàigher, lì atorno a imperversare.

E difatti siamo lì che accordiamo del più o del meno e cominciano suddendly a arrivare e a ṡminciare curiosi ma senza dir gnénte, duri e vasco, e noi tranquilo a far le vecchie e accordare e Dòdo con un rulantino-giocattolo dono natalizio carpito del fratello minore di qualcuno, che i suoi genitori mai felici come in quel momento, e le sue bachette che si scaldava gli avambracci. Be', a un certo punto guardo gli altri, prendo il fiato, faccio un MI7 e tacco col mio regolare uè-èl... e comincio di rock, e loro mi vengon dietro che è un godiòlo, uno anche col giro dei bassi, poi quando si arriva lì che c'è l'asólo e facevo le altre volte les-ràchinnaa!, che tutto di solito cadeva nel silenzio, perché fallo mò tè l'asólo lì del disco, non succede che, giuro che mi venga un cànchero, quel mago lì tacca con l'asólo ma uguale identico nota su nota al disco e Dòdo al momento giusto salta fuori con l'urlo pròpio come nel film e schienammo di brutta tutti i Tàigher presenti che altro che Orfeo e diventammo immediatamente la loro colonna sonora ufficiale, che un Tàigher senza rock era come una rosa senza spine o un lavoro così, tanto che tutte le sere eravamo lì e arrivava anche Alfio, anche lui Tàigher, col triciclo e tutta la batteria sopra, che poi la montava per terra e via di ta-tacium, tutte le sere. E s'era sparsa la voce e arrivava tutta la maràglia della Città della Mòtta, qualche mina e Tàigher compresi, che non erano poi cativi, metti che prima delle suonerie al massimo andavano a ṅase, così tanto per fare, un po' di bàito e via, perché quelle sere d'estate erano troppo lunghe e qualcosa dovevi pur inventare, dovevi pur strangolarle, quelle ore. Ma si sussurrava che qualcuno avesse contatti più ravvicinati, perché eran precari da matti come sgòbbo e spesso in dòmo perenne, che se avevano due soldi in tasca se li sputanavano subito, e uno andava in trasferta anche alle Bologne per tirar su del grano, e poi ci scrisse una specie di diario con le sue esperienze con gli uominisessuali, come diceva. Be' fa gnénte. Noi avevamo capito che la musica non c'era solo nei dischi, ma potevi fartela anche da tè, provando e riprovando non solo i giri e inventando le parole là dove non ci arrivavi, ma anche, davanti allo specchio, le mosse astute che vedevi nei film, tipo break mano sinistra che spinge la ghìtar in dietro sul culo sulla destra, gioco di gambe, destra che assesta pacca sulla cassa armonica e sinistra in avanti con ditino puntato su pubblico immaginario. Che un giorno entra tua madre pròpio nel bel mezzo della mossa, resta con gli occhi sbarrati per mezz'ora e fa dice: "Ma cosa sei, diventato matto? Ma ti fa bene a tè diventar grande?".

Quanto durò la stagione del rock, e a fare i vasco alle festine, lo sai balare tè? Perché era come il tango secoli prima, che potevi sempre fare il lento in quanto astutamente nei dischi, padelloni a 33 che li metevi su e stavi lì delle ore, a balare, ma se non sapevi slegare i cani quelle mine che magari ci cucavi su non ti filavano neanche, e via alora, con le scarpette da ginnastica per essere più balzellone. Quanto durò essere quelli che lo sapevano fare, e le chitarre finalmente elettriche che slaidavi come un matto e gli amplificatori che sembrava un bàito incredibile e i palchi parochiali e i nomi rigorosamente USA come Hurricans o Snakers, e quella mina che non ti aveva neanche mai šlumato un secondo che ti ferma fuori e ti fa: "Sai che ieri sera sei stato tògo?" e ti spalancava in ghigna quegli occhioni morelli che tè c'eri andato giù di testa di brutta ed eccola lì, la trògl ia, solo perché avevi fatto Tutti Frutti e squasato il culo.

Quanto durò quel tempo lì?

Durò niente, durò un soffio. Chi l'aveva dentro anche dopo lo ritirava fuori, ma c'era già tutto un altro sistema, un altro mondo. Pier, che aveva già la spàider bianca, con cui colpiva duramente in tutti i dancings della provincia, ariva un giorno e fa, dice: "Sapete mago cos'è che s'cianca adesso?". Si mise una mano sulla pancia, fece due o tre pasetti avanti e indietro, e finì agile dopo un saltello sul piede sinistro, gambina destra alzata dietro. "Ó, mago," disse "guardate mò béne. Questo è il ciaciacià!"

18.

L'estate suonéra tutte le sere meno il lunedì era finita, eravamo a piedi e si prendevano contratti dove capitava, e ci capitò proprio nella Città Nuova, una baléra all'aperto, vicino a un laghetto di fianco a uno scialè. Avevamo il servìzzio un sabato e una domenica sera, tirar su due lire, così dopo la prima volta il sax s'era fermato a dormire a casa mia perché gli avevo promesso, la domenica pomeriggio, di fargli conoscere delle mine mie amiche, anche perché ci eravamo abituati bene quell'estate, e ci sembrava quasi impossibile intórti zero, anche se era la prima volta che suonavamo là. Ma era tutto l'ambiente che sembrava diverso, non sapevamo nemmeno bene come muoverci, e ci chiedevamo sempre, suonando: "Vèe, secondo tè siam piaciuti?". Così il giorno dopo andammo da quelle mine lì, appartamento fresco e antico su remoti viali, e di ritorno ci facemmo a piedi un mucchio incredibile di chilometri, perché żiocanta è lì, siamo vicini ti dico, la conoscerò bene 'sta cità, ora ci sto di casa!, e lui scancherava (in Si bemolle) perché non si arrivava mai. Ma i primi tempi, in quella Città Nuova, non conoscevo bene le distanze, e percorrevo deambulavo spazi incredibili: sapevo che da casa mia a S.Faustino, nella Città della Mòtta (o dimenticata linea Carpi-Suzzara!) c'era il mondo, e che se decidevo metti di accompagnare a casa quella tal mina che sgobava in centro mi ci volevano un paio d'ore, ritorno compreso. Lì non sapevo: dall'Università prendevo per un ponte che portava fuori e mi trovavo, mi sembrava, alla periferia di Milano, un gaśòmetro binari del treno e palazzoni popolari. Oppure giravo per strade buie e labirintiche e di pacca non so come mi ritrovavo praticamente a Parigi, piazzetta coi banchetti di frutaròli e alberi, fontana e così via, in una scoperta continua di una città sconosciuta in mattinate o pomeriggi solitari e affascinanti, da ozioso immigrato, da turista. Certo, non solo non ero mai stato a Parigi, ma anche Milano, dettagli secondari, mi amancava; è che mi sembrava così, senza saper bene come, annusavo odori diversi, scrutavo facce nuove. Anche la polvere danzava in maniera differente.

Quel sax lì poi era un ex commesso che sognava le sale da ballo e le loro pompe, tradotte queste in giovani donne disposte a subire il fascino del musicante, sul palco là a suonare come un dio, guardando dall'alto le commedie o le tragedie che si svolgevano nella sala, con occhio languido come per dire: "Ma stai con quel mago lì tè? Non meriteresti mò di meglio?" oppure, guardando quella che piangeva che si vede lui l'aveva appena sbadilata dirle a occhiate, fra un lento e l'altro, seguendola con lo sguardo: "Ho capito sai, ma lascialo ben perdere lui lì, che se vuoi metti uno che ti capisca DAVVERO non vedi che ci son qua io? Sta mò a sentire adesso, che suono solo per TE" e, come il marinaio, averne una in ogni sala della Padania.

Era un sax tenore, naturalmente, e si aggirava con un Sèlmer d'oro che a guardarlo così rilucente, quando un fascio di luce metti lo colpiva, sembrava una tromba del giudìzzio; solo a guardarlo però, perché ogni tanto, quando suonava, gli scappavano dei piii tremendi che non sapevamo se ridere o prenderlo a calci nel culo. E lui non lo sapeva ancora, ma stavamo pensando di sbadilarlo via, che per suonare aveva lasciato il posto allo sgòbbo e litigato con la sua donna, ma d'altra parte. E prima di lui avevamo sbadilato Eros, che non suonava poi tanto male, almeno non piiava, ma se non sofiava dentro al sax ciavéva la paglia incolata in bocca, delle nazionali esportazione che tirava fuori stropicciate dalla giacca, con le tasche che dovevano essere piene di fili di tabacco e gatti di polvere in bella simbiosi, e se doveva fare il pezzo dell'a solo appoggiava la cicca ai bordi del leggìo, oppure la spegneva con la suola e la riponeva, che impestava incòsa di tabacco bruciato, mi sembrava d'esser tornato nei cessi della scuola, che gli dicevo: "Guarda mago che fumare sul palco quando si suona è da balera di quarta, e il leggìo fa lòfi, si deve sapere tutto a memoria, poi almeno ogni tanto la divisa, almeno i pantaloni, falli stirare, cazzo!". Con quella giachina di cotonino lì tutta strafugnata che pensavo già di metterle su di lamè. Ma lui era quello che era, già il sax aveva di quelli vecchi argentati con la cromatura andata chissà dove, e comprarne uno nuovo, che glielo avevo anche detto, cazzo fatti il Sèlmer, che lui diceva ciavéva moglie e due figli, che dite anche bene voi ma a mè la pila chi me la dà? Poi insomma era vecchio sui trenta, non ciavéva presenza, sul palco, e ci vuole anche quella, che rimani sempre nei giri lòfi e vuoi stare a far balére così tutta la vita? Che quando eravamo andati a fare quella prova in quel nàit solo a naṡare l'ambiente ciavéva fatto andare tutti giù di testa, che dicevamo fra noi, eccitati e attenti: "Ó mécchi, com'è come baléra?! Vacca, lòofi! Pensa se ci prendono!" che c'era in giro della gran gnòcca a balocchi e una poi con due tétte così mezze fuori aveva fatto una gran tomèlla a un vèccio, gli s'era seduta sulle ginocchia, lo aveva tutto pistolato, che dicevamo: "Maràglia lòfi, se ci prendono qua ci ṡdereniamo!" e dentro di mè: "Quella lì me la cucco io". Invece ci avevano detto: "Va be' va be', vi chiamiamo poi noi," il che voleva dire andate in pace e amen, che non siete adatti.

"Capisci mago? Più stile più richieste più grana" gli dicevo, ma lui era lui, che si vedeva lontano un chilometro che era uno che alla mattina dopo il servìzzio si alzava per andare allo sgòbbo, in fabbrica, e provare poveretto quando poteva, e senza prove riamanian sempre da dove siam partiti, o no?, che rischiamo sempre di fare la figura dei pògia Bérto?! Lui diceva che tanto leggeva, e leggeva sì, micca come noi che lèggere magari zero, ma ciavévam dentro tutto quello che avevamo ascoltato da secoli, micca balle, e lui cosa aveva ascoltato, la celebre mazurca variata?, che leggeva sì il suo speciale dell'orchestrina a prima botta ma così, pari pari, un compitino, che gli dicevamo: "Senti mago, ma il disco l'hai sentito? Dacci un po' di suing, diosanto, sembri morto, żiocanta, mettici qualche nota di tuo!". Che rispondeva: "Per mè ragazzi avete solo delle gran pugnette in testa e basta!" e forse anche sì, ma c'era in giro un contratto di due mesi, non volevamo micca fare la fine di quela volta lì del nait. 'Nsomma l'avevamo sbadilato e preso quel ragazzo lì che oltre al Sèlmer ciavéva anche una certa càrtola e ciavévano preso, per due mesi pari, che io non mi ero neanche trasferito nella Città Nuova e stavo a pensione a casa dei suoi di Alfio il bateraio, dormivo in camera con lui e alla mattina quando ci alzavamo facevamo dei gran ṡbarazzi che ciavéva una naṡa che l'avrei pichiato, che va be' la naṡa ma non si può micca un lavoro così. Alla mattina, se metti mi svegliavo prima io, lo stavo a guardare piccolo e grassoccio e scuro che mi faceva venire in mente la blatta nera e immonda di quel libbro che avevo letto, e mi immaginavo di picchiarlo sulla pancia, lui e tutte le sue cucite di trecento punti a mano, che scopriva le carte e rideva anche, la tròglia con la esse sisolosa. Ma poi si svegliava anche lui e si ricominciava a giocare, che via c'era amicìzzia, e ci divertivan anche, a leggere dei gran giornalini e libbri e poi verso sera un paio di panini con le acciughe, un pistóne, un po' di cocomera e via a suonare che c'era poco a andarci ma la 600 del pianista ci meteva una vita perché ogni tanto boliva l'acqua del radiatore e per fare quindici chilometri ci fermavamo sei sette volte.

Però quei due mesi di seguito avevano fruttato bene, e in grana e in natura, che ognuno s'era fatto la sua minetta e s'ciao, e mè e Victor due sorelle che ciavévano la macchina loro, e un giorno una fa dice: "Dai che domani vi pasiamo a prendere e vi portiamo su noi con l'Anglia di nostro padre. Dove vi troviamo?". "Dove? Ma davanti al bar naturalmente, ore 17 e trenta in punto che a quel'ora lì c'è tutta la maràglia che li schieniamo," ma quest'ultima parte non l'avevamo detta.

Lì nella Città Nuova però eravamo freschi di stampa e in cerca. Così venivamo da quelle ragazze che gli avevo detto, e l'incontro era andato sul formale ma promettente, soprattutto lui per una che godeva di seno opìmo, e ogni tanto camminando smetteva d'imprecare per la marcia longa e biascicava sconvolto lungo tutti i viali, nel sole sudato di quella domenica calda di settembre: "Ó che tette, che due tette che cià quella mina lì, ma le hai mai viste tè due tette così?!" la qual cosa rispondeva a verità, ma mi ero accorto che da qualche parte c'era un quale di sbagliato, mi naŝava d'insolito. Erano ragazze quelle lì, non mine. C'era una specie di mutazione genetica socioculturale che mi sfuggiva in parte ma che naŝavo. Non che un ambiente così non ci fosse anche nella Città della Mòtta, ma non c'era quell'atmosfera in generale, e non c'erano lì nella Città Nuova amici come Cìcio Panòcia, il Greżżo e il Primitivo, tanto per non far dei nomi, che brillavano di ruvida simpatia in certe importanti occasioni mondane, quali ad esempio le feste da impacco che si organizzavano in quelle case momentaneamente e fortunosamente orfane di genitori.

Ma lì in che giro ero capitato? Anche la Città Nuova forse pullulava in ogni dove di Greżżi e di Primitivi, ma in quel giro lì no, e devo ammettere che, se da un lato mi amancavano quelle allegre personcine, dall'altro non mi dispiaceva quel nuovo impatto con la realtà. Uno di questi mago mi fa, un giorno che c'eravamo incontrati in quella piazza sotto a quelle due gràan torri che c'è: "Ti presento Adriano, è un poeta". Come poeta? Così sul serio?, senza traccia minima metti pure benevola di presa per il? Uno così nella Città della Mòtta stava in camuffe bestiali, o partivano degli sbianchi che uno poi veniva chiamato di scutmaglio "Poeta" per sette generazioni sette, tipo "Vèe, Poeta, scrivimi mò una poesia su questo!" e metti volava un rutto così basso che all'ucello padulo gli spadivano i denti davanti. Ma che maràglia era? si trovavano anche, a parlare di poesia o letteratura, quasi tutte le sere, in una piòla in centro, e giù quartini di bianco e letture e discussioni. E mine zero via zero. Ma qualcuna ce l'avevano, quasi logata. Mi ero trovato per caso che mi avevano fatto conoscere una, che avevo capito subito che ne voleva (si capiscono al volo certi sgóbi), ma così di simpatia, perché cucare su non m'aveva dato l'idea, ma sai quelle fighesse lì se trovano il mago giusto, però anche solo per entrare nel movimento e scaldarmi le ossa parto faccio la mia gara regolare e comincio a intortarla che mi fa: "Andiamo a fare un giro domattina?" forse presa dal fascino del foreigner esotico, sai com'è strano uno che per la pagnotta suonava, che lei faceva l'università, perché dico: "Domani fai cabò?" e mi tocca tradurre con fughino. "Ma per chi mi hai preso?" mi fa con un gran sorriso di bei denti occhi azzurri: "Veramente sono all'Università!" con un veramente strascicando la seconda e che per dirlo ci meteva mezz'ora. E puntuale mi venne a prendere alla punta in Centoscudi, che quella era macchina vera dei fighessi, micca come quei cafoni in spàider. Andiamo sui colli e mi scoprii ad offrire l'aperitivo, che a suonare un po' di grano mi girava in tasca e non ero in duomo, pardon, al brévo, e vai di Martini drai con ghiaccio, a un tavolino sotto a un bersò, piacevole però, che mi dicevo: "Il giro sembra stanco, ma non è poi lòfi lòfi del tutto".

Le vasche però erano le stesse, verso le sei di sera, lungo quel lungo portico nuovo con i nuovi amici. E proprio mentre si andava in su e in giù uno di questi mi prende da una parte e mi fa, dice: "So che oggi, sei stato con la tale, sui colli...". "Va be', mago," gli faccio "ma a tè cosa te ne frega, scusa, non è micca la tua mina!" "No no" fa lui "così per dire, è che forse ti sei messo in una gara pesa, sai è stata la ragazza del tale (che era lì davanti) poi del talaltro (che era lì a due passi)...” “Be’” dico “ve la siete fatta tutti e poi ce l’avete con me?!” “Ma nooo!” fa “non se l’è fatta nessuno, farsela!, che termini adoperi? non è quello il problema, erano gare pese, lui per esempio la portava ai concerti, le mandava fiori...” “Ó, ma che maràglia siete?!” dico, “Mandar fiori? Tenetevela pur voi, che a mè non me ne frega micca più di tanto, óoo!” così m’ero messo per mio conto a cercare i miei giri e li avevo anche trovati, che quel mio amico lì, quando ci vedevamo la sera, perché anch’io avevo portato le mie usanze di far tardi con vino e discusioni e tutto che scrivere scrivevo anch’io, anche il pigugno avevo importato, che suo padre gli aveva detto: “Ti devo parlare...” e balle così che lui alla mattina può dormire ma tu devi studiare eccetera, mi spaccava anche i maróni perché secondo lui quella mina lì non era adatta, che lui con la sua aveva progettato fino al 1980, che c’era mezzo secolo a arivarci, che gli dicevo: “Ma ti tira un quale? Ma io a quei progetti lì che dici tè sono indietro come i meloni di marzo, intanto son qua poi domani si vede”. Che a mè intenzioni serie se ne avevo me lo aveva detto solo il padre di una mina una domenica pomeriggio che ero andata a prenderla per portarla a una festa, e avevo fatta tanta di quella strada che non avevan sentito più neanche l’odore. Ma che mago siete?

Erano venuti una sera in Faunus, che era poi un Ford Taunus ma chiamato così aveva quella sottile connotazione erotica e colta in più, l’estate prima, a sentirci suonare, che eravamo tògo da matti, ci cambiavamo due divise a sera, col saxista nuovo e io e Victor giù dalla pedana a fare pandan con chitarra e chitarra basso, io ogni tanto in mezzo alla pista a cantare dentro a un Sìmens, e pieni di mine che li s’ciancammo in due, poi suonavamo tutti i giorni ed eravamo affiatati da dio e ogni pezzo a memoria che andava via che sembrava unto.

Vennero anche un pomeriggio di quella fine estate, un contratto che avevamo fatto in una baléra di quarta sul Po, nome tipo palma verde o oasi azzurra o una cosa lòfi così, un posto all’aperto pieno di zanzare e alle quattro che non c’era ancora nesuno e lì sotto il sole eravamo sudati e voglia di suonare come di farci pichiare in faccia. C’era anche quella ragazza lì del Martini, fresca e rugiadosa d’ombretto azzurro che sembrava appena sfornata, tutta elegantina elegantina e noi quel giorno strazonati che mi vergognai come un ladro, loro lì tutti universitari pimpanti, chi a lettere, chi a filosofia, e io lì con la chitarra in mano come un povero sfigato. Lei mi guardò, come si guarda un sémo, di sentita superiorità razziale, e sbagliai anche l'asólo che mi ricordo mi dissi: "Vèe mago! Io qui a suonare tutta la vita? Ci restate poi voi, a far 'sto mestiere qui, vacca d'un cane".

Come ho già avuto altra volta occasione di dire, questo non vuole essere un vero e proprio "glossario", ma semplicemente un conforto interpretativo per chiunque sia digiuno delle voci barbariche spesso usate nel corso della narrazione.

bàito: gerg.; maschile di *baita*, voce antichissima per casa o capanna (ma non ci addentreremo nell'incasinata etimologia). È "uno dei tanti eufemismi con cui il recluso chiama la prigione" (Ferrero). Già il bolognese Alberto Menarini però la segnala nella sua variante di "casa di tolleranza", e in questa accezione noi la usiamo, assieme a quella, parallela, di grande confusione.

badalucco (a): dial. *a badalócch*; in maniera sconsiderata o in grande quantità. Nel Bondardo **b.** sta per sciocco, come nel bolognese *patalucco*. In lingua (GDLI) ha significato di scaramuccia, assalto, ed è attestato nel lat. mediev. (Firenze) un *badaluchum* come "strumento per prendere le coturnici", e torniamo allo zimbello. L'etimo è incerto.

balòcchi (a): gerg. bolognese; probabilmente è la traduzione italiana errata o paretimologica del gerg. a *balùś*, in grande quantità. Ma i *balùś* sono le castagne bollite.

baraccóni: il luna park, ma la voce è anche in lingua.

baślétta: dial. *baślatta*; è imparentato con *bażża*, e significa appunto mento. Muove da voci latine significanti "vaso per acqua" siano queste *bajula* (DEI) o baś(o)la (DEDI).

bateràio: gerg.; neol. degli anni cinquanta d'ambiente musicale e no, ottenuto per semplice alterazione fonetica subterminale, ma non a scopo d'eufemismo bensì per vago vezzo żèrgo. Così si ebbe *chitaràio* per chitarrista ecc.

bensóne: dial. *bensóuṅ*; tipo di ciambella, ma non rotonda e senza buco, legata probabilmente a festività religiose e benedetta, perché muove da un *benedictione*, con la "*di*" andata, per sincope, a farsi benedire (Violi).

bénża: gerg.; familiare e affettuoso per benzina.

bòssoli: gerg.; neologismo anni cinquanta, di cerchia tribale, nel senso di piccolo gruppo di amici. Andare a vedere dei **b**. o un film di **b**. significava, con arguta sinèddoche, andare a vedere un film di guerra.

bòtta (di): dial. *éd bòta*; di botto, improvvisamente.

burgnòccolo/a: dial. *burgnòcla*; bernòccolo, rigonfiamento. "È sicuramente un * *pruneocula* da *prunea*, cioè... a forma di prugna" (Violi).

braghéro: dial. *braghér/a*; chi si interessa dei fatti altrui, curioso, ficcanaso. Bondardo dà la voce identica nel dial. veronese come "seccatore, impiccio... traslato dall'it. *brachiere* cinto erniario". Una corrente di pensiero mottacénse la farebbe invece derivare da "colei che vuole mettere le brache, si atteggia a padrona". Comunque sia, memorabile l'usata esclamazione spontanea, in presenza di altrui pesante curiosità non legittima: "I braghéri al dazio!" Passerebbe, oggidì, con l'IVA?

bravare: dial. *bravèr*; rampognare aspramente, sgridare. È però anche buon italiano, e lo usano, fra gli altri (ve' mò!), Goldoni e Monti. Ma anche Leopardi: "...due vecchi venuti all'opposto per bravare quelle meretrici" (GDLI).

brévo (al): gerg. bolognese. Essere **al b.** significa essere in pessime condizioni economiche. Ricordando che **b**. in bolognese è sinonimo di deretano e che "prenderlo nel **b.**" è metafora per "essere gabbati" si può facilmente immaginare l'origine dell'espressione.

bròcca: gerg.; ragazza non avvenente. Trovo nel Ferrero un veneziano *bròca*, col significato di prostituta, con valore originario di "mesciacqua".

brónża: gerg.; faccia, da cui "m'è cascata la **b.**", sono rimasto interdetto. Anche: "avere della **b.**", della faccia tosta. Deriva il nostro vocabolo dall'espressione "faccia di bronzo"? Curiosamente a Bologna lo stesso termine significa "peto rumoroso", a Verona "brace".

brugna: dial. *bróggna*; è sì prugna, ma qui uno dei numerosi modi per eufemizzare il sesso femminile con riferimento a frutta od ortaggi.

brutta/o (di): gerg.; improvvisamente, senza indugi o arzigògoli. Anche molto, completamente, a fondo.

bùrtel: curioso deonomastico per bicicletta, o qualsivoglia mezzo locomotivo d'anni carco e rugginoso. Deriva (Neri, Preti), dal soprannome di un rigattiere mottacénse del XX sec., tale Luigi Loranzi, detto appunto **B.**, probabile trasformazione dialettale di Bòrtolo. Ne parla Arturo Rabetti in *Modena d'una volta.*

busatóre: gerg.; da bussare nel senso di picchiare, quindi uno facile a menare le mani.

cabò (far): dial. gerg.; corrispondente mottacénse dell'italiano "marinare la scuola". Si noti che ogni città ha una propria voce per indicare la riprovevole azione che l'A. ricorda ancora con grande rimorso. L'etimologia dell'espressione mottacénse, nonostante i mille fantasiosi tentativi (si è tirato in ballo anche Caboto!), è ancora una delle cose più misteriose della linguistica.

camuffa (in): gerg.; vocabolo antico del gergo italiano, isole comprese. È in uso dal Trecento, con significato originale di "travestirsi, mascherarsi". Partirebbe (Prati, cit. in Ferrero) da un "camuffo", panno usato per coprirsi la faccia, poi si va espandendo e via via variando nei significati. Qui lo intenderai come: "fare qualcosa di nascosto, con astuta e malandrina attenzione ed intenzione".

cańbuldò: it. dial.; si ignorava che nel termine *bull dog* il cane apparisse già, e ci si è aggiunto. Qui indica uno dalla faccia rincagnata, come quei cani appunto hanno.

canóne: dial. *canòuń*; non è l'arma, sta per grossa canna, quella cioè della bicicletta o del tubo della stufa.

capisci: dial. *capéss*; è qui sostantivo, ed è il comprendonio, la quintessenza delle funzioni intellettive.

capòdego: dial. *capòdegh*; è un * *capoticus* latino, da *caput* nel senso di grosso. "[La voce]... applicata alla frutta, agli ortaggi, agli animali ne indica lo straordinario sviluppo" (Violi).

carro (da undici): dial. gerg.; dove, con furbesca e comune lectio facilior, carro sta per carico. È metafora mutuata dal gioco della briscola, dove gli assi, le carte maggiori, detti anche carichi, valgono appunto undici punti. Dieci i tre.

càrtola: gerg.; aspetto fisico, viso, espressione, personaggio curioso. La voce, evidentemente da cartolina, è diffusa in tutta la Padania.

catare: dial. *catèr*; è sostitutivo dialettale di trovare, prendere, anche "andare a trovare". Muove dal lat. volg. captare, intensivo di capere, prendere.

centoscudi: gerg. bolognese. Simpatico nomignolo della 500 Fiat; uno scudo era la moneta da cinque lire, e cento scudi sono appunto 500.

ciapétti: dial. *ciapatt*; le mollette per il bucato, da *ciapèr*, prendere.

cinza: gerg. dial.; il pallone per giocare a calcio, ma per estensione qualunque cosa sferica più o meno atta a tale gioco. È un altro mistero irrisolto della lingua mottacénse.

ciocare: dial. *ciuchèr*; sarebbe battere, ma il significato si allarga a parlar forte, dire cose sconclusionate o fanfaronate.

ciuciare: gerg. e dial.; in dialetto significa succhiare, ma nel leggiadro gergo giovanile d'allora stava per baciare.

ciuciòtto: gerg.; bacio, V. **ciuciare**.

ciufare: gerg.; chiaramente da acciuffare, è pangergale per rubare, prendere.

ciunto: dial. *ciunt*; la traduzione in lingua sarebbe atticciato, ma vuoi mettere! È persona grassoccia e soda. Il Maranesi, nel 1893, suggerisce anche, con infame cruscaiolismo, di tradurre "co' fiocchi". No comment. Muove dal lat. *coniunctus*, nel senso di pienotto.

conconare: dial. *cuncunèr*; indugiare, tentennare, anche balbettare. Viene da *cuncóun*, turacciolo a tronco di cono con cui si tura la bocca della botte (quindi qualcosa che va avanti e indietro, non stabile) "dal basso lat. *conconus* derivato da *concus* per sincope di *conicus*" (Maranesi).

contado: gerg. neol.; apocope per contadino, indica con superbia cittadina chiunque provenga da appena fuori le inesistenti mura.

contrabano: gerg. neol.; contrabbandiere, per cambiamento di suffisso, come carabano per carabiniere.

coperchino: voce gerg. infantile per indicare i tappi a corona.

cricco: il Neri traduce il dial. *crécch* con buffetto. Temo che chiunque si sia beccato un **c.** in un orecchio a temperature attorno allo zero non sia molto d'accordo sulla traduzione. Il normale **c.** si effettua tenendo il medio, impaziente di fuggirsene, col pollice dell'istessa mano, indi, al culmine della tensione nervosa ed emotiva in genere, lo si lascia libero. Si scatena una forza incredibile che può facilmente mandare in frantumi un normale orecchio o scaraventare a lunga distanza (a volte proverbiale) palline, coperchini (V.) o altri oggetti da lanciare lontano. C'è forse all'origine un onomatopeico cricchiare, del genere scricchiolare.

cucare (su): gerg.; generico per prendere, panitaliano. In particolare, avere grazie e favori dalla mina (V.) di turno. Bondardo lo fa derivare da *cuco*, cuculo, per traslato tono, in questo senso attestato dal XIV sec., ma è forse più immediato il parlato *cuccare* per acchiappare.

cucire: gerg.; segnare punti a proprio favore, possedendo determinate combinazioni, in alcuni giochi di carte. In lingua sarebbe dichiarare o accusare.

cucco: dial. *cócch*; in particolare è colpo assestato in testa con le nocche. Più genericamente, "fare i cucchi" corrisponde all'italiano "fare a pugni".

cuna (e la): dial.; l'espressione aggiunge a una certa quantità un qualcosa in più, ironicamente o meno. Deriva dal modo di dire "*e quii dla cuna*", e quelli di quando eri in culla, usata quando uno, dichiarando l'età, se la cala in modo palese.

dakòta: gerg.; è neologismo degli anni cinquanta (V. **contado**), credo oggi scomparso, di origine e d'uso strettamente tribale, e non riferito all'omonima tribù pellerossa, ma al cacciabombardiere Douglas C47, nome d'arte appunto "Dakota", e qui sì dal nome dei Sioux. Gli arguti e spocchiosi inventori della metafora vedevano i simpatici provinciali calare alla domenica con la stessa foga dei C47 in picchiata. Il Dakota ebbe anche vita nel dopoguerra come aereo da trasporto civile, col nome di DC3. Mi si dice (o temerari) che vola ancora in alcune compagnie dell'Asia e dell'America Latina.

duòmo, dòmo (essere in): gerg. dial.; *èser in dòm*: essere al verde. È voce gergale attestata anche nel bolognese (A. Menarini) per Monte di Pietà. Ricordiamo anche che, davanti al Duomo, stazionavano spesso i mendicanti.

fanga: gerg.; le scarpe, per poetica metafora. "Antica voce furbesca di larga fortuna, tuttora usata nei gerghi, nei dialetti e nel parlare scherzoso" (Ferrero).

farabulano: dial. *farabulan*; è imbroglione, chiacchierone, millantatore. Nasce dall'incontro tra *fàvola* e *paràbola*, ed è usato anche in lingua.

fatti: dial. *fat*; certo accadimenti e nuove, ma in particolar modo il complesso tutto delle faccende domestiche.

fifi: gerg. infantile per figurina.

fiòcco: bacio amoroso, dato con tutte le tecniche del caso.

fisso (esserci del): dial. *féss*; denso, fitto. La frase è di quando la situazione s'ingarbuglia, si fa difficile, o c'è qualcosa sotto. Mi sembra continui il part. pass. *fixum* di *figo*, dando quindi esito diverso dal toscano *fitto*.

fuga (in): dial. *éd fuga*; in fretta.

fughino (far): gerg. bolognese; marinare la scuola. V. **cabò**.

fumana: dial.; si capisce che è la nebbia, ma lo mettiamo solo per citare D'Annunzio tanto per far vedere che non siamo dei gàggio [in GDLI]: "In lontananza i latrati si perdevano; il sole basso feriva sprazzi obliqui su la fumana ove la campagna annegava...".

fumósa: gerg.; sigaretta.

gaffa: gerg. e dial., *gafa*; è il mottacénse Vigile Urbano, corrispondente del milanese *ghisa*, del bolognese *pulïsmano*, del romano *pizzardone* ecc. Viene da gaffa dal francese *gaffe* nel senso di gancio, "da una voce provenzale forse di origine germanica" (DEI). Anche in catalano *agafar* significa prendere, acchiappare. È quindi la **g.** "colui che acchiappa, che cattura".

gaiòffa: gerg.; prob. da "gaglioffo", è la prigione.

gàggio: gerg. dial.; da noi vuol dire stupido, ottuso, ma è voce gergale che proviene dal rómanes, lingua dei róm, cioè degli zingari. In origine vuol dire contadino, ma è estesa a tutti quelli che róm non sono. A dire che i **g.** siamo tutti noi. In Romagna il termine significa "biondo rossiccio", ed in effetti non credo che fra i róm i biondi rossicci pùllulino.

galana: dial.; o anche in certi altri dialetti emiliani, *béssa galana*; la voce **g.** è usata, anche se raramente, pure in lingua. È la tartaruga. Etimo incerto, relitto del sostrato veneto (DEI) corrispondente all'illirico * *galaia* e al greco *chelys*, testuggine marina, che produrranno poi la galéa e le Galápagos.

gamba: gerg.; moneta da cento lire (v. **ruota**), *mezza gamba*, da cinquanta. "Appartiene alla famiglia delle parti del corpo usate ad indicare monete" (Ferrero). Mi dicono che oggi, una *gamba*, corrisponde a centomila lire. C'è stata un po' d'inflazione, nel mezzo?

garandèlla (a): dial. *a garandèla*; dicesi di quando brache o calze non stanno al loro posto e tendono penosamente a discendere. In lingua si dovrebbe dire "alla cacaiòla, o a bracalóni", ma onestamente preferisco la voce mottacénse. Maranesi cita il Galvani che propone un francese *tenir en garant*: tener sospeso, ma la proposta mi sembra un poco audace.

gażo: gerg.; neologismo anni cinquanta, eufemismo snobettino per "cazzo".

ghéga: dial.; percossa, grosso colpo, sia pallonata violenta che sbornia. Come il tosc. *ghèghe* smorfie, forse di origine espressiva.

gnòcca: dial. *gnòca*; ennesima metafora gastronomica per il sesso femminile.

gòmito: dial. *gòmit*, allegro eufemismo con parafonìa per cambio d'iniziale. La parola interdetta è *vòmito*.

grassuòli: dial. *grasóó*, cìccioli.

gugna (a la): dial. *a la góggna*; si dice di quando una cosa è gettata per aria e i mas'cini si accapigliano per prenderla. Etim. incerta, ma esiste in lingua un gognare, forma aferetica di agognare (DEI).

guzare: dial. *guzèr*; è sì aguzzare ma nel senso, come dice il Neri, di usare sessualmente con femmina.

impacco: gerg.; *impacare* significava ballare strettamente con una donna, proprio come un vero impacco aderisce strettamente alla parte del corpo bisognosa di cure. Festa da **i.** era quindi un trattenimento danzante dove era possibile ballare con questo stile.

incagnato: gerg. it.; molto arrabbiato. Più che il cane però ci vedo dentro un eufemismo per alterazione del fonema subterminale, e il termine originale interdetto sarà "incazzato".

incòṡa: dial.; ogni cosa, tutto. Ci vedrai, o avvertito lettore, il lat. *omni causa*, che diventerà *mnicausa*→ *nicosa* ed ecco per metatesi il nostro.

indaviṡo(d'): dial. *d'indavïs*; palese corruzione della locuz. "essere d'avviso" che in lingua significa, come si sa, "essere del parere"; "essermi d'indaviṡo" preceduto da forte negazione significa qui invece "non tenere in alcun conto", "prendere bellamente sottogamba" o, per i puristi, "sbàttersene i maróni".

ingobiarsi: dial. *ingubièrs*; inghiottire con soverchia foga fino a rimanere semisoffocati. Da *gòbbio*, antico per gòzzo.

inmelnettare (immelnettare): sporcare, V. **melnétto**.

intórto: gerg.; intortare o fare una torta è abile metafora gastronomica per "fare la corte".

ligéra: gerg. dial.; è voce gerg. entrata nel dialetto a dire vagabondo, mascalzone, piccolo delinquente, ma in ambito familiare è usato spesso ironicamente, a significare simpatico mascalzoncello. Il vocabolo, nato nel mondo della piazza, viene forse da *leggéra* nel senso di fame, termine usato nel gergo dei girovaghi. Arturo Frizzi, bel tipo di girovago mantovano inizio secolo, scrisse nel suo libro *Il Ciarlatano* il "Passaporto della leggera" e Danilo Montaldi in *Autobiografie della leggera* ha raccolto alcune testimonianze orali di personaggi di sbandati. La voce è presente anche in alcuni canti popolari.

lima sorda: dial. e gerg., ma anche in lingua. Ignoravo che questo attrezzo esistesse in natura, ma il GDLI me lo dà come "speciale tipo di lima con denti finissimi, che agisce senza far rumore", pare specialmente atto alle evasioni. Qui, per similitudine, lo intenderai riferito a un individuo che, battendo e ribattendo instancabile sullo stesso argomento, otterrà per esaurimento della malcapitata vittima concessioni o favori.

lòfi: gerg.; brutto, di scarso valore. Variante locale di *lòffio* o *ṡlòffio*, è voce molto diffusa. Viene, per origine imitativa, da *lòffa*, peto poco rumoroso.

logare: dial. *lughèr*; nascondere. È dal lat. *locare* situare, quindi anche nascondere.

lovétto: dial. *luvatt*; è una piccola trappola, sorella minore di una evidente più grossa tagliola per lupi, dial. *lóv*. È qui da intendersi non tanto in senso reale ma più metaforico, come inganno o raggiro, gherminella. Il Neri, s.v., dà anche "donna adescatrice". Capiamo, ma ci sfuggiva il salto di significanza.

lucrèzia: dial.; la liquirizia, per un processo paretimologico abbastanza comune a questa parola, è così diventata nel mottacénse "per un incontro col nome proprio femminile Lucretia" (Violi).

maccàia: questo proprio non c'entra col mottacénse, ma la voce mi piaceva molto. È ligure, e significa tempo umido e afoso, bonaccia post-sciroccale, e mi sembra di trovarci dentro noia e calma apparenti.

mago: gerg.; persona, uomo, individuo, assoluto sostitutivo per ragazzo nel linguaggio giovanile mottacénse di quegli anni. Non ha connotazioni di valore, che vengono aggiunte con varie aggettivazioni, mago tògo o lòfi, mago positivo o negativo e così via.

magóne: dial. *magòun*; sarebbe il ventriglio degli uccelli, ma è usato nel senso di profonda afflizione, ed è voce che ci arriva dal long. *mago*, stomaco.

malgarina: dial. *malgarèina*, scopa; la voce, inesistente in mottacénse (sarebbe *granèda*), è prob. di area carpigiana. Viene dal materiale con cui è fabbricata, la mèliga da scope o saggina.

mànico (gran): gerg. dei musicisti, è abilissimo suonatore, specie di chitarra.

maràglia: dial. *maràia*; gente, in generale, non necessariamente (come oggidì) in senso dispregiativo, ché allora dovrai farlo precedere da "fatta". Mi spiego: "C'era un casino di maràglia" tradurrai con: "V'era molta gente" ma "C'era della fatta maràglia!" con "V'era gente di strane fattezze e modi poco urbani". Urlato, è il grido infantile che invita all'attenzione per incombente pericolo e suggerimento/invito a rapida fuga (*fèr maràia*). È (Ferrero) il piemontese "maràja", ragazzino, importato dal francese *maraille* a sua volta rifatto sull'antico *marmaille*, ragazzaglia, da *marmot*, scimmia. Il tutto però, suggerisce Violi, da *minimalia*, cose di nessun conto.

marangóne: dial. *marangòun*; falegname. È antica voce veneziana diffusa in Padania "significante prima [Bondardo] 'palombaro' poi 'carpentiere': antico traslato da 'marangon', genere di uccelli palmipedi pescatori, riflesso a sua volta dell'ant. fr. *corb mareng* 'corvo marino'".

marusticano: dial. *marustican*; che sorpresa, quasi offensiva, non trovare la voce nei vocabolari di lingua. In effetti in italiano questa pianta, e frutti relativi consistenti in susinotte semiselvatiche, sono detti *mirabolani* (Prunus cerasifera); la nostra parola penso derivi da una varietà di ciliege, quelle di Maròstica, dette appunto *marosticane*.

mas'cino: dial. *mas'cin*; piccolo maschio, a dire ragazzetto.

mécco: gerg.; è voce derivante dall'argot (Ferrero) dove *mec* significa "padrone, individuo". Nel gergo italiano sarebbe "il compagno, l'amico che appartiene al giro". In quello mottacénse classico (e in quello felsìneo) *méco* stava per sciocco, minchione, ma fra i gióvini degli anni cinquanta era semplice variante di *mago* (V.), meno usata e con una connotazione leggermente dispregiativa o negativa, quand'eri pronto a rapida rissa.

melnétto: dial. *melnatt*; malnetto, sporco.

mina: gerg.; sostitutivo assoluto anni cinquanta di ragazza. Lo credevamo completamente nostro, e invece il vocabolo, di etimo incerto, non solo è diffuso in tutta Italia ma persino in Francia, Argentina e (Ferrero) a Bogotà.

minore: nella locuz. vecchio/a minore, dial. *vèc' minór* (*vècia minóra*), anziano non più perfettamente in grado di intendere o volere.

mólla (dare la): dial., *dèr la mòla*; non c'entra l'orologio, ma il verbo mollare nel senso di liberare da freni o pastoie. Qui però ha più il significato di iniziare a fare qualcosa, principiare.

monèlo: dial.; ragazzetto, con significato non necessariamente dispregiativo.

mòrro: dial. gerg.; lett. moro, dai capelli neri, ma usato sempre nel senso di "individuo" con tono vagamente dispregiativo soprattutto nei preliminari di una rissa.

mòrtis: gerg. infantile; formula che blocca in rigorosa istantanea immobilità qualsiasi fase di un gioco. Il contrario è **vìvis**. I milanesi, che dicono *aliviva* e *alimorta* (più recente *arimortis*) ci vedono dentro un ricordo dei romani aliossi, e sarebbero le nostre voci continuazione di *alea mortua* per fermare il gioco e *viva* per riprenderlo. L'ipotesi è certo affascinante, non saprei quanto veritiera.

mulingażino: dial. *muleingażèin*; è il gioco chiamato schiera o filetto. Il significato è però quello di andirivieni, l'andare avanti e indietro delle mosse della pedina.

musta: gerg.; faccia più o meno dura. Prob. da mustacchi.

naŝa: gerg. dial.; non la si scambi per l'Ente Spaziale Americano, ché la nostra voce sta per culo, nel significato proprio e negli altri affini di fortuna od omosessuale. Da "...naso, persona o cosa sospetta di cui è meglio non fidarsi" (Ferrero).

niŝba: gerg.; niente. "Appartiene alla grande famiglia delle voci che [...] sono proliferate nei dialetti, nei gerghi e nel parlar basso e scherzoso a significare 'no, nessuno, niente'" (Ferrero).

nuffia: gerg.; culo, nel significato proprio e negli affini (V. **naŝa**). In torinese (Ferrero) significa annusa, ed anche naso, e ano "per le abitudini cagnine di ricognizione olfattiva *a retro*".

paciana: dial.; rospo, ma anche rana in genere. Forse da *paciarèina*, melma, fango.

paciugo: dial. *paciugh*; fanghiglia.

palamaglio: dial. *palamai*; spiega Neri nel suo vocabolario: "Sul terreno su cui a Modena si faceva il gioco della pallamaglio nel XVI sec., sorse poi un caseggiato con molti inquilini. Dai rumori del gioco e forse più da quelli degli abitanti l'edificio, venne a **p**. il significato di luogo assai rumoroso, di frastuono e confusione"

panarazza: dial. *panaraza*, scarafaggio, più carpigiano che mottacénse. Bondardo, alla v. veronese *panaròto*, sempre scarafaggio, la fa derivare "per traslato... dal settentr. *pani*, *pane* 'efelidi'" anche se il traslato mi sfugge. Il Maranesi ha un *apanèr* appannarsi nel senso di marcire, che legherebbe il nostro insetto al marciume.

pataglia: dial. *patàia*; è il lembo della camicia, o, come più precisamente descrive Ungarelli, "a cominciare dagli sparati laterali fino al termine loro". Per estensione significa anche essere in *déshabillé*. Sempre Ungarelli propone un *patere* latino a origine, forse perché i lembi della pataglia a volte si allargano, ma sembra arrischiato. Violi propone invece un'origine longobarda del termine, a significare straccio.

pèder, fiòl e Stivanèin: dial.; lett., padre, figlio e Stefanino, a dire: c'erano proprio tutti in lieta comitiva, nessuno escluso. Si ignora chi sia il misterioso Stefanino.

picaglio: dial. *picai*; gancio, cosa a cui si appende o si attacca; possibile provenga da un *pediculus*, picciòlo.

pigugnino: anche **pigugno**, di sconosciuto etimo, è una variante del tressette a chi fa meno praticato dai mottacénsi.

pila: gerg.; denaro, voce ampiamente diffusa. "Dal romanesco **p.**, pentola, vaso, in cui si solevano porre i denari del risparmio familiare" (Ferrero). Bondardo è di diversa opinione: "...a dispetto delle spiegazioni correnti [...] dovrà riportarsi, previo dislocamento metonimico del senso, a *pila* 'speciale utensile per il conio delle monete'...".

piòla: gerg.; osteria, voce diffusissima in tutte le regioni e gerghi, di etimo discusso. Negli anni cinquanta aveva connotazione negativa, a significare localaccio.

pistadóra: dial.; è il tagliere piccolo per il lardo, verdure ecc.

pistóne: dial. *pistòun*; era anticamente la misura vinaria da due litri, ma negli anni cinquanta significava semplicemente una bottiglia di vino, soprattutto Lambrusco. Prob. da pistone 'stantuffo' nel senso di pestello (DEI).

pògia Bérto: gerg.; lett. *appoggia Bérto*, curiosa espressione per dare di villico a qualcuno, adoperando un'esortazione usata dai contadini con un animale perché si accosti di fianco (pògia). La pronuncia chiusa della vocale tonica dell'immaginario nome dell'animale, assente nel dialetto cittadino, sottolinea volutamente con alterigia la rozzezza campestre del dire.

polegiare: gerg.; è dormire, o accovacciarsi tranquilli, prob. da sistemarsi come un pollo, appollaiarsi. La voce è presente in tutti i gerghi italiani ed anche nel lunfardo, gergo della mala argentina, *apoliyar*.

pómi lażżarini: dial. *pamm lażarèin*; in it. *lazzeruòli*, sono frutti di un piccolo albero (Crataegus azarolus), parente del biancospino ed a lui simile. Non c'entra Làzzaro, ma lo spagnolo *acerolo* dall'arabo *az-zu' rura*, di cui onestamente ignoro origine e significato. È un po' che non li trovo più in vendita, e nemmeno ho sentito piangere a gran voce la loro assenza...

préda: dial.; pietra, sasso, ma anche mattone.

prèe d' Curtil: (essere nei) prati di Cortile, trovarsi cioè in località remota e aperta, dove è possibile fare la confusione che si vuole, o comunque località ben lontana da qualsivoglia centro abitato o quantomeno dalla civiltà. Cortile è una ridente (cs'a gh'ani po' sèimper da rédder?) località vicina a Carpi; questo mi fa supporre che la locuzione sia più carpigiana che mottacénse.

quarta (di): locuz. che deriva probabilmente dal linguaggio commerciale. Se esiste una merce "**di prima**", intesa come qualità, la roba o una persona in genere lòfi lòfi saranno appunto "**di q.**". Massimo, del lòfi, "**di ultima**".

randa (andare a): dial. gerg.; non so se c'entri il termine marinaresco, ma l'espressione significa correre a forte velocità.

remolato: crusca, in dial., si dice *ràmmel*, e così anche le lentiggini. L'A., con audace invenzione lessicale e semantica, immagina lentiggini sul viso delle melagrane.

reṡdóra: dial., in campagna era la moglie del *reṡdór*, il reggitore, a dire il capoccia della famiglia patriarcale. In città era solamente la casalinga.

romèlla, romelina: dial. *rumèla*; le prime sono i semi della frutta in genere; le seconde sono nella fattispecie i semi di zucca leggermente tostati e salati, da consumarsi in quantità sovrumane, soprattutto al cine che altro che il pop-corn. È un lat. *animilla* che attraverso alcuni cambiamenti giunge ad armilla indi al nostro **r.**

rostire: gerg.; da arrostire, voce molto diffusa per rubare.

ruota: gerg.; "L'immagine del soldo come ruota ricorre in molti gerghi europei ed americani," dice il Ferrero, e segnala un *roda da car*, bolognese, ovvero moneta da cinque lire fra le due guerre. Da noi, dati i tempi, una **r.** era una moneta da cento lire.

rusco: dial. *rósch*; il pattume. "Nullus... prohici faciat ruscum, spazaturam domus" si legge in un documento bolognese del 1252, e a Modena nel 1327 "spazatura nec ruscus...". Sarebbe voce (DEI) gallolatina, * *rusca*, prob. voce celtica, *rhysg* corteccia.

sagatare: dial. *sagatèr*: scuotere, sciupare, far sobbalzare. La parola è (DEDI) di quelle entrate in lingua e dialetti dalla presenza ebraica. Il verbo è *seghjtah* (qui scritto più o meno esattamente), che significa "macellazione degli animali secondo il rito". Da questo deriva anche il mottacénse *sagatèṅ*, "beccaio israelita".

saraffo: gerg.; dall'originale significato di imbroglione, o complice di una truffa (DEI, DEDI, Ferrero) era passato da noi a intendere uno che fa il furbetto, che ruffianamente sviolina per trarne vantaggio. Dalla voce il verbo **sarafare**, col senso un poco spostato di blandire moralmente o anche, più materialmente, carezzare, palpeggiare qua e là in modo pomicioso. Dall'arabo (o turco) *sarraff*, cambiavalute, personaggio – si presume – di specchiata onestà.

ṡbalare: gerg.; voce dai molti significati, fra quali vendere, rubare, superare il punteggio stabilito in certi giochi di carte e, recentemente, ubriacarsi o drogarsi. Qui è nel significato padano di morire.

ṡbarazzo: o *ṡbarazzino*, è un gioco di carte detto anche scopa d'assi perché l'asso può fare scopa, e quindi sbarazzare il tavolo dalle carte poste sopra.

ṡbianco: gerg.; nel duplice senso di 'gaffe' commessa o sputtanata ricevuta. Forse da *dèr ónna man éd bianch*, dare una mano di bianco, furbesco per malmenare. Anche nel bolognese (lo segnala Alberto Menarini) esiste *dèr ed bianch* col significato di fallire, essere scoperti.

ṡbiàvido: dial. *ṡbiàved*; sbiadito, pallido. Come in it. *biavo* azzurro pallido (XV sec.), voce (Bondardo) dal lat. tardo *blavus* a sua volta dal francone **blao*. Come si evince dal Blauburgunder.

ṡblisgare: dial. *ṡbliṡghèr*; l'Ungarelli riporta uno **sbilicicare*, e commenta: "...detto del piede che posto sopra una cosa lubrica scorre senza ritegno". Ciò è molto bello, ma tradurrai col semplice *scivolare*. Nella locuz. "e ṡbliṡga", aggiuntivo ad una cifra o quantità, sposta nel vago la grandezza del totale.

ṡbraghirare: dial. *ṡbraghirèr*, curiosare. V. **braghéro**.

ṡburlare: V. **ṡburlóne**.

ṡburlóne: dial. *sburlòun*, urto, spinta. Dall'it. ant. e dial. burlare, spingere innanzi, far rotolare. Anche Dante: "...gridando: 'Perché tieni?' e 'Perché burli'...". È voce sett. dal milanese *borlà*, cadere ruzzolando, da una voce **borro* oggetto di forma rotonda (GDLI). In mottacénse con una *s* intensiva in più.

scàglia: gerg.; dial., *scàia*; Neri traduce col sobrio puttana, e non lo contraddiremo. È voce attestata già dal Quattrocento (Ferrero), diffusa più o meno in tutta la penisola, e farebbe parte di una serie di parole da "scaglia, scheggia, brandello", usate riferite a persone e in senso dispregiativo.

scalfiro: gerg., anche *scalfo*; bicchiere, bottiglia di vino. "Antica voce furbesca di fine Quattrocento... dal greco skafòs, lat. scaphum, scafo, cavità" (Ferrero). Bondardo lo ritiene invece: "Difficilmente di origine greco-lat.".

scancherare: da **cànchero**, pop., e soprattutto dalla nota maledizione ti venga un. Significa imprecare variamente, ma anche darsi da fare attorno a qualcosa, aggeggiare.

scantarsi: gerg., e dial.; contrario di *incantarsi*, rimanere fiso in qualcosa, sarà il nostro verbo farsi vispo e fringuello.

scarciana: gerg., e dial.; forse da *scarciare*, che, secondo il Ferrero, significa chiedere l'elemosina, mendicare, nel gergo dei girovaghi di fine secolo, con prob. sovrapposizione di *scalciare* con *cacciare*. Da noi la **s.** era femmina di non limpide virtù od anche di semplice aspetto volgare e puttanesco.

scheggia (a): gerg.; andare a forte velocità.

schermolire: dial. *scherm(l)ir*; nell'espressione *fèr* **s.** *al sànghev*, di cosa che fa rabbrividire, ribrezzo, o procura forti emozioni in genere. Ungarelli propone un * extremulire a origine del nostro verbo.

s'ciflare: dial. *s'ciflèr*; fischiare. C'è un prob. *exsibilare all'origine.

scuriata: dial. *scória*; it. sett. *scùria* per frusta (ma anche Dante usa *scuriada*), quindi frustata. Dal latino tardo *ex-coriata*, o *ex-corrigiata*. L'antica e nobile origine del termine non avrebbe lenito il dolore, ma fortunatamente la minaccia non si attuava mai, forse soprattutto per la difficoltà di reperire il mezzo di punizione.

scutmaglio: dial. *scutmai*; soprannome. È un *co(n)s(ue)tumalium*, da *consuetudo*, nome dell'uso, mutato poi per metatesi (Violi).

seracinesca: ovvio che sarà *saracinesca;* dai saracini che l'inventarono, ma noi, per paretimologia, ci vedevamo dentro uno *srèr*, e cioè serrare, chiudere.

sfibiata: dial. *sfibièda*; cinghiata, data con la giunta della fibbia. Contrariamente alla **scuriata** (V.), la cintura delle braghe era più reperibile e non rarissimo il suo nefando (o salutare, a seconda dei punti di vista) uso. In molti di quella generazione rimane nella memoria l'immagine del padre che con largo gesto si *ex-fibula*, pronto alla bisogna, e di una madre supplice impetrante grazia. Mai che gli cascassero giù i pantaloni, vacca d'un cane! "Dalla voce disusata [DEDI] *fiùba* 'fibbia', [...] dal latino *fibula* con metatesi."

sfrìsio (di): dial. *sfris*; graffio. Qui, nella locuz. "**di s.**" significa rasente. Viene da sfregio, "forse dal prov. *frezar* [sfregiare]" (DEI). Cfr. anche il ven. *sfrïsar*, con lo stesso significato.

ṡgabelare: dial. *ṡgablèr*, in it. *sgabellare*, col significato di sdaziare o liberarsi da un impiccio. Per noi è più *cavarsela*. Probabilmente da *gabella*, come logica e DEI vorrebbero, ma ci sento dentro anche il gerg. *gabolare*, da *gàbola*, truffa, raggiro, voce questa derivante da cabala.

ṡgiaronata: dial. *ṡgiarunèda*; sassata, da *giaròun*, sasso, ciottolo.

ṡgòbbo: gerg. e dial. *sgòb*; prob. da gobba, ad indicare la schiena e la fatica fisica, significa il lavoro in genere.

ṡgóbo: gerg.; tiro mancino, tranello inatteso, oggetto generico misterioso e di impiccio. È anche questo prob. derivato da gobba; Ferrero segnala un *gobbo* come involto della refurtiva, un *gobba* informazione sbagliata e un *gob* bolognese con senso di "false generalità".

ṡgugnare: dial. *ṡgugnèr*; è, cavalcando bellamente la ciclo, spingere con fatica sui pedali, dondolandosi in qua e in là col corpo anche perché essi pedali erano spesso raggiunti a fatica. Il tutto, non necessariamente per arrivare ad elevate velocità velocipedistiche, ma mettendocela tutta per ragioni di stile, atteggiamento ciclìstico tipico dei mas'cini. Il Neri fa derivare il verbo da *ṡgógna*, cicogna, tipo di mazzacavallo, una macchina idraulica o qualunque cosa essa si sia.

ṡibire: dial. *ṡibir*; è esibire nel senso di offrire, sicuramente da un *exhibere*, (ex + habere) metter fuori. Neri lo dà come voce contadina, ed infatti penso che più che mottacénse sia carpigiano, ma nel nostro senso lo usano venerati autori fra cui Goldoni e Manzoni. Basti il Faldella: "Ero tanto sicura che il commendatore ci avrebbe esibito il caffè e il chiaretto!".

silta: dial., fulmine. Dal lat. sagitta (Bondardo, Violi).

sisolare: dial. gerg.; è difficile rendere graficamente la s di chi *sìsola*. La si imita pronunciandola con la punta della lingua contro i denti superiori, ed è comunque quella che comunemente vien detta blesa. Cfr. il ver. *sisolar* strinare, sfrigolare (Bondardo), anche questo di origine prob. onomatopeica.

ṡlinzare: piovere, dalla voce gergale settentrionale *slenza*, acqua. Deriverebbe (Ferrero) "dal fiume emiliano Enza, popolarmente detto *La Lenza*". Sarà.

ṡlumare: gerg.; guardare con più o meno attenzione, sbirciare. La voce, da *allumare*, "...ispirato alle voci poetiche *lumi*, *luci* per occhi [?]" (Ferrero) "...è poi venuto *slumare*, assai usato nei gerghi settentrionali". Ma quei lumi poetici che passano nel gergo mi confortano il giusto. Non ci sarà un più prosaico far lume nel senso di far luce?

ṡmalta: dial. *smèlta*, come, con una *s* intensiva in più, nell'italiano "malta", ma non quella usata nell'edilizia bensì nell'accezione più antica e disusata di fango. Così testimonia Cenne da la Chitarra: "In camicia stieno tutti i mesi / per poter più legger'ir al perdono / entro la malta e 'l fango gl'imprigiono...". Meno poetico ma più efficace il Passeroni: "Il villan cencioso e pien di malta".

ṡmarire: dial. *ṡmarir*; significa disperdere, cacciare via impaurendo.

ṡmenare: gerg.; anche andare via, ma soprattutto pagare, cacciar fuori denaro. Diffuso nei gerghi italiani.

ṡminciare: gerg.; guardare, osservare con attenzione. È comune a molti gerghi italiani.

soiòla: dial. *suiòla*; mastellino. Muove da un veneto *sogia, sogiola* misura di liquido.

spadire: dial. *spadir*; allegare dei denti. Da *patire*.

spavirare: dial. *spavirèr*; Neri traduce con bastonare, ma aggiungerei prendere a scopate. Dovrebbe infatti essere un **expaverare*, deverb. di *pavera*, giunco.

spìcciola: gerg.; colorito nomignolo per bicicletta, di chiara provenienza etimologica.

spigozare: dial. *spiguzèr*; grande il Neri nella traduzione italiana, ammammolarsi! Soccorre un vocabolario di lingua che ritraduce: "Appisolarsi stando seduto e abbandonando la testa". Comunque sia che accada è però l'appisolarsi in genere. Viene da *pigòz*, picchio, a sua volta der. dal lat. *pica*, "picchio, gazza".

spilare: gerg.; Ferrero lo fa significare giocare, perdere, e derivare dal tedesco *spielen*, di identico significato. Da noi significava invece pagare, forse unito a **pila** (V.), o anche guardare, osservare con interesse.

spólto: dial. *spólt*; unito a bagnato significa fradicio. Da *sepultus*, che per sincope ha perso una vocale per strada. Lett. quindi sepolto nell'umido.

spricare: dial. *sprichèr*; spruzzare.

streminare: dial. *stremnèr*; spargere, sparpagliare, che viene (Violi), "dal lat. [e]xterminare, 'spinger fuori dei confini', con metàtesi".

stompaglio: dial. *stumpai*; tappo, forse (Violi) "da 'stoppare', in quanto che con la 'stoppa' e con cera si tappavano le bottiglie". Il termine si usa anche per persona di statura non eccelsa e cose di poco conto.

stufione: dial. *stufioun*; bella l'icastica definizione che ne dà L.A. Muratori: "pezzo di scoppa con cui si scoppa qualche cosa...". A sollievo dei meno avvertiti dirò che lo **s.** è nel nostro caso (non so nel Suo) un pezzetto di carta piegato più volte su se stesso e finalmente ripiegato in due a mo' di freccetta. Masticato un poco per renderlo più consistente, intinto o meno nell'inchiostro, veniva lanciato da una rudimentale fionda formata da uno o più elastici legati al pollice e all'indice in funzione di cavalletto. Un'arma, il più delle volte, letale.

stusso: dial. *stòss*; è rumore forte e improvviso dovuto a deflagrazione o a qualcosa che cade; l'abbiamo preso dal germanico (Violi), dove "Stoss" significa appunto colpo e "stossen" urtare, ambedue imparentati in qualche modo (ma micca da ieri ve'!) col latino "tundere" battere, percuotere. Uno **s.** può essere anche uno scontro automobilistico.

sughi: dial.; lett. sughi, dolce autunnale fatto con mosto bollito con fior di farina. "Di farina un buon cucchiaro / E di mosto una scodella / Che sia ben colato e chiaro / E s'incorpori con ella / E al bollir che fanno in quella / E tu mena col baston," suggerisce G.C. Croce nella *Canzone in lode dei sughi.*

tacare: dial. *tachèr*; attaccare, ma nel senso di cominciare, che nei dialetti padani è dalla nostra voce ampiamente sostituito.

tacata: gerg. *tachèda*; modo di vestire, o meglio, insieme delle vestimenta tutte ed accessori, oggi direbbero "look". Spesso si usava in senso ironico ("Ve' 'ch tachèda, ve' ó!"), commento udibile non necessariamente per commentare altrui stravaganza, ma forse solo un soverchio sfoggio d'eleganza. Etimologia misteriosa, ma un amico mi ha suggerito che, nella campagna mottacénse, la *tachèda* era l'insieme dei finimenti del cavallo.

tampelare: dial. *tamplèr*; è il pulsare di un dente ammalato, ma, metaforicamente, significa anche insistere su qualcosa fino a sfinire l'interlocutore. Il Devoti Oli a *tempellare*, e cioè "battere su uno strumento in modo da produrre suoni o rumori", lo vorrebbe da "una serie onomatopeica *tm...p*"; la *tampèla* è comunque una bàttola.

tappo: gerg.; vestito in genere. È voce dell'antico furbesco (Ferrero), diffusa nei gerghi di tutta Italia. Sembra derivare da tappare, "coprire una cosa perché non sia veduta".

tebiare: gerg.; è detto di persona o mezzo che si muove a gran velocità. Potrebbe entrarci il *trebbiare*, con spostamento metaforico.

téso (da): dial. *da tès*; da vicino. Dal lat. *attensus* (DEI).

tògo: gerg. dial.; bello, interessante, buono, contrario di **lòfi** (V.). Voce diffusissima in dialetti e gerghi. Correva voce che derivasse dall'ammiraglio Tògo, vincitore dei russi nel 1905, ma il termine ha attestazioni più antiche, quindi il problema rimane discusso.

tognino: dial. gerg. *tugnéin*; i tedeschi in genere, termine già in voga ai tempi della prima guerra mondiale, ed anche (Ferrero) in Lombardia durante l'occupazione austriaca. Da Antonio, con significato di stupido.

tomèlla: dial. bol. *tumèla, tumlè*; discorso lungo e noioso, moine ruffianesche.

Totèlo: pensandoci oggi il curioso soprannome viene sicuramente da un "Tortèllo", nel senso di ottuso, tontolone, deformato per maggiore irrisione da una finta pronuncia infantile.

trébbo: dial. *trabb*; gruppo di persone, crocchio. Nel gergo dei cantastorie il gruppo di persone che si raduna attorno a chi canta. Dal lat. *trivium*.

triganiére: dial. *triganér*; strana parola, molto mottacénse. I **t**. sono quegli appassionati che con fischi o agitando drappi riescono a comandare e dirigere il volo di stormi di colombi. La passione, non so se in declino oggi, è antica, e addirittura documentata nella Secchia Rapita. L'origine del nome "...più probabile (Violi)... resta quella di una sua connessione col greco trigón-ónos 'tortora'...".

tròglia: dial. *tróia*; mi sembra un ipercorrettismo: se il dial. *maia* si traduce con l'it. maglia ovvio che *tróia* diventa in lingua il nostro **t**. Significa sì donna di facili usanze ma questo è più raro; in genere lo si usa per indicare persona infida, che non disdegna efferatezze, tipo l'amico che non ti passa il cico per un tiro o non ti presta il grano per un cine. A volte però può voler indicare semplicemente un simpatico birichino.

tubana: dial. gerg.; il Neri lo dà come confusione, vocìo. È un gran bàito (V.) in genere. Mi sembra possa derivare da *catóbba*, la grancassa.

vasco: gerg.; bello, piacevole, interessante, o anche persona di molto in gamba (V. **tògo**). È antica voce furbesca che significa signore, personaggio ricco, poi si allarga a molti significati collaterali. Potrebbe derivare da *guasco, guascone*.

vècchia: dial. *vècia*; scarafaggio. Nella locuz. *fare la vècchia*, far finta di niente, forse come proprio fanno le blatte che, una volta scoperte, si mettono in rigorosa immobilità sperando di passare inosservate prima di darsi a veloce fuga. Il Neri accosta la locuzione ad un altro significato della voce, e cioè barbaglio di luce in e di uno specchio, gibigianna, ma mi sembra più vicina al vero la mia ipotesi.

vedere: dial. *vàdder*; felicità e sagacia intuitive, buon senso.

veloce: gerg. sportivo it.; la **v**. è, nella pallavolo, un modo di eseguire una "schiacciata" nel più breve tempo possibile. L'alzata viene eseguita sulla testa dell'alzatore, o anche trasversale alla rete. Lo schiacciatore salta "in un primo tempo" cioè salta e schiaccia senza "caricare", se ho ben capito senza predisporre il braccio a dare la furiosa botta. O almeno così mi hanno detto amici giornalisti sportivi.

żavàglio: dial. *żavai*; cosa di poco conto, ciarpame più o meno reietto.

żèrla: dial.; di solito al pl. *żérli*, qui come spesso nell'uso è in senso figurato per gambe magre e (volendo) lunghe. In effetti è termine d'agricoltura, essendo la **ż**. la stanga per il trapélo. Se poi non sapete cos'è il trapélo non è micca colpa mia.

żibaldóne: gerg.; neol. anni cinquanta, così era chiamato anche il bigliardino, o Calcio Balilla. Prob. per il gran bàito che di solito ci si faceva attorno.

żiocanta: dial.; è chiaramente bestemmia resa innocente con alcuni accorgimenti eufemistici.

żucca marucca: dial.; che è poi *barucca* (forse la Cucurbita maxima, Neri), voce di etimologia sconosciuta, prob. per musicale e popolare incontro e ritorno con zucca (DEI). Altri (Bondardo, DEDI) segnalano misteriose origini orientali turche o ebraiche, e anche, ma è meno probabile, il latino *verruca*, ed infatti, come detto, la **ż.b.** è piena di burgnòccole (V.). A volte è sinonimo di testa.

Questi i testi che, oltre ai vocaboli di lingua ed etimologici (di cui diamo la sigla), sono citati nel glossario:

Marcello Bondardo, *Dizionario etimologico del dialetto veronese*, Centro "S. Zeno", Verona 1986.
Ernesto Ferrero, *Dizionario storico dei gerghi italiani dal Quattrocento ad oggi*, Mondadori, Milano 1991.
Ernesto Maranesi, *Vocabolario modenese-italiano*, Modena 1893, rist. Ed. Omnia 1982.
Attilio Neri, *Vocabolario del dialetto modenese*, Forni, Bologna 1981.
Ugo Preti, *Voci del gergo modenese*, Modena Libri, Modena 1978.
Gaspare Ungarelli, *Vocabolario del dialetto bolognese*, Bologna 1901, rist. So.Mu., Roma 1965.
Franco Violi, *Storia di parole e di nomi propri modenesi*, Aedes Muratoriana, Modena 1982.

Ringrazio il professor Franco Violi per i preziosissimi consigli e il gentile aiuto.

Stampa Grafica Sipiel
Milano, ottobre 1993